新潮文庫

アルマジロの手

宇能鴻一郎傑作短編集

宇能鴻一郎著

新潮社版

11832

目次

アルマジロの手

アルマジロの手

1

アルマジロは犰狳《きゅうよ》ともいう。皮袋のような肥満した胴に、長い尻尾がついている。小さな手脚は、赤ん坊のそれを干乾びさせたものにそっくりである。

一般に、大きな兎ほどのサイズである。もっとも尻尾が太く長いので、より巨大に感じる。まれには、頭胴長一メートルに達するものもいる。

全身は、極めて固い鱗《うろこ》でおおわれている。いちばん特徴的なのは、太い胴をとりまいている、三本ないし十一本の蛇腹《じゃばら》である。これが自由に伸縮するので、固い甲を被《き》ているにもかかわらず、敵に襲われたときは身をボール状に曲げて、防ぐことができるのである。

他にはなにひとつ、攻撃および防禦の手段を持たない。もっとも極めて頑丈なことは、兄弟すじに当って鱗を持たないアリクイの類が、頭をいくら殴られても死なず、皮をふつうのナイフでは切れないことからも判る。食物は昆虫、死肉、ミミズ、トカゲ、木の根、カタツムリなどである。極めて歯が貧弱なので、貧歯目《もく》と呼ばれている。下等な動物だが、これが分類上はわれわれ人間やサルなどの霊長目と、同じ区に入れられているのである。しかもお隣り同士といってもいいくらいの近い分家、といった関係である。まさか、と思われるが、彼ら貧歯目の手が赤ん坊や猿のミイラのそれにそっくりなのを見ると、納得できないこともない。

言い遅れたが、棲息地《せいそく》はアメリカ大陸の諸国にかぎられる。私も、この夏メキシコに旅行したとき、はじめてこの奇妙な生物と対面したのである。

ずっと一人旅だったのだが、メキシコに入る直前に、連れができた。カメラマンの加納《かのう》君で、取材中の私の写真をとるために、出版社から派遣されてきたのである。眉濃く、顔丸く、目は大きく、正義感と行動力にあふれた好青年だが、いささか情熱に駆られすぎる傾きがある。

もっともこれは、カメラマンとしては必要な条件かもしれない。早稲田の学生時代に彼は東北地方のミイラを見て感激し、三年がかりで撮影に通い、本を一冊、出したこともある。私とはそのころからの知り合いで、撮影から帰るたびに、私の家にミイラの写真を持ちこんできたものであった。

「どうです。すばらしいでしょうこのミイラ。鉄門海上人《てつもんかいしょうにん》というんですが、実に優しさにあふれているではありませんか。こちらの天然色のは名前の判らない一世行人《いっせいぎょうにん》ですが、この組んだ腿のあたり、何ともいえない色気がありますねえ。どうですか先生。美しい、実に美しい」

と、口から泡を飛ばしながら説明してくれる。うっかり反対するとあとが大変だから、私は、

「うん、珍しいね。こういう写真をとっておくのは学術上、貴重な資料にもなるよ」

と、当りさわりのない返事をしておく。しかし眼窩《がんか》がぽっかりと開き、あぐらをかいて前のめりになったミイラは、新しい僧衣や袈裟《けさ》でお洒落《しゃれ》しているけれども、やはりグロテスクとしか言いようがないのである。

ときには、私の遅い食事の直前に、伸ばしたばかりの印画を抱えて、飛びこんでくることがある。いまにも目前で拡げんばかりなのを、

「ちょっと待ってくれ。食事を終って、ゆっくり拝見するから」

と頼みこんで、私は大いそぎで鯵《あじ》の干物をつつき、味噌汁を飲みこむのである。食事を不味《まず》くすまいという私の気持も知らず、加納青年は大きな鼻の穴に指をつっこみ、黒い塊りを掘り出しつつ、苛《い》ら立たしそうにしゃべる。

「湯殿山の一世行人は、あとで掘り出して内臓を抜き、天井に吊して、松の生木で燻《いぶ》

すんですねえ。猛烈に臭かったそうですよ。干乾びて、ちょうどこの、鯵の干物そっくりになりますよ。アハハ。……ところで味噌汁のダシは鰹節ですか。そうそう、円《えん》明海《みょうかい》上人の腕は、艶といい固さといい、まったくカツブシそっくりだったなあ」

これで平然と、食事をつづけられる人がいたらお目にかかりたい。もっともわが加納青年の場合、悪意あってのことではない。一刻も念頭を去らないミイラのことを、卓上の干魚や鰹節から連想の湧くままに、しゃべっているにすぎないのである。

食事を出したこともある。自分も食べているときは、まさかそんな話はしないだろう、という計算が、なかったこともない。はたして、珍しく黙々と食べおわったあと、

「いや先生。今日は一日がかりで、早稲田博物館のミイラを手入れしましてね。腹が減ってペコペコだったんです。やっと落ちついたから、手と顔、洗ってきます」

——家人は、加納青年の使った食器を、ぜんぶ捨ててしまった。

たまには全裸美女の写真でも持ちこんでくれるか、と期待していたのだが、この期待はついに満たされることはなかった。そのうちに彼は出版社の写真部につとめ、すると忙しくなったのか、以前のようにしげしげとはあらわれなくなった。

だからこんど、いっしょにメキシコに行くためにニューヨークで落ち合い、顔を合わせたのも、久しぶりのことであった。

少しは年をとったはずなのに、加納青年の熱狂的な性格は、少しも変っていなかった。私と合うまでの数日間、彼はニューヨークのヒッピーたちを撮っていたらしいが、あまり熱心に写しすぎて、黒人にカメラをこわされたという。

彼の撮影ぶりは私も知っているが、被写体が通行人でもかまわず前にまわりこみ、アップで撮りまくり、また駆けだして前に出てはシャッターを押す。東京では何度かグレン隊に殴られている。顔が凸凹になっても、いっこうにこたえない。

「相手は何か言うんだが、英語が判らないでしょ。かまわずに撮っていたら、いきなりカメラつかまれて、道に叩きつけられてね。社のキャノンがぐしゃり、です。でも、フィルムはカブらなかったし、別に私物のライカ持ってきたから、平気ですけどね。しかし、面白かったなあ奴らは。ニューヨーク・ヒッピーの中に入ると、テーマは無限にあるなあ」

加納の話を聞きながらうとうとし、目をさましたときは、飛行機はメキシコ・シティの上空で、次第に高度を下げていた。

おびただしい雲と、禿げ山がある。洪水のあとのように、あちこちに泥水がみなぎっている。小さな四角い、土や石の家は、水から逃れて辛うじて身をよせあっている。霧が流れる。

メキシコ・シティは巨大な湖のあとに作られた街である。したがって、酸素も稀薄な高地であるにもかかわらず、小湖が多く残っている。おびただしい雲と、みわたすかぎり泥色の光景は、どこか不吉な印象である。

ようやく加納はおしゃべりを止めた。私を窓際に押しつぶすようにして、ライカのシャッターを切りつづけているのである。

（早く席を代ってやればよかった）

と私は後悔した。今では着陸のシートベルトを締めてしまったので、もう遅いのである。

メキシコ・シティは美しい街だった。混血《メスティソ》や先住民族の風俗も面白く、彫像《モニュメント》も多く、加納は狂人のように撮影しつづけていた。私は少なからず、ほっとしていた。彼が熱狂の対象にレンズを通してとりくんでいるあいだは、私ものんびりできるのである。

タクシーはホテルに着いた。市の中心部、ファレス通りにあるホテル・アラメダである。近代的な高層ホテルで、室内装飾に赤と黒を多用しているところが、メキシコ調と思われるだけである。

窓の外には、つい目の下に、植民地時代の石造寺院が、ちょっとグロテスクな丸屋根を拡げている。それを発見するや加納青年はカメラをわしづかみにし、再び外に飛び出していった。

「やれやれ、御苦労な話だ」

とつぶやきながら私は上着をぬぎ（七月のメキシコ・シティは涼しい。上着は必需品である。地元の女性はみなポンチョという美しい織物を肩から掛けている。四角い厚地の布の中に穴をあけ、頭を出した、貫頭衣の一種である。雨が降りだすと、それで頭を包み、急ぎ足に歩く。幼女《ニーニョ》のポンチョ姿は可愛らしく、娘《ラニーニャ》のポンチョ姿は若々しく、人妻《セニョーラ》のポンチョ姿は妖艶である。貧しい女のその姿は野性味あふれ、上流女性の同じ姿は優雅の極みである。閑話休題）ズボンをぬいでバス・ルームに入り、バス・タブに湯を溜めはじめた。

そのときノックもなく、加納青年が入ってきた。

「忘れものかい」

「いえ、あの」

何となく上気して、二、三度部屋をぐるぐるまわって、また出ていった。

（おかしな奴だ）

バスから出て、着替えをして、椅子に腰をおろす。アラメダ公園の白い影像が薄ら陽に光り出したのを見ながら、細葉巻《シガリーリョ》をくわえる。メキシコ製のこの葉巻は高価だが、木の吸口がついているのである。噛むと、ほのかな薄荷《はっか》の味がする。香りは乾燥していて、複雑なわりに軽くて、なかなかいい。

また加納青年が、ふらふらと入ってきた。

「早かったね。撮影は終ったのかい」

「ええ、その……」

まったく上の空である。メキシコ・シティの、酸素不足の影響が、早くも出はじめたのかもしれない。ろくすっぽ返事もせずに出てゆこうとするので、

「待ちたまえ、ぼくも散歩に行くから。そして、何か喰ってこよう」

と話しかけたのだが、

「ええ、その前にちょっと」

と言って、振り切るように駆け出してしまったのである。

スポーツシャツと、薄茶の上下に着がえて、私は部屋を出た。鍵がかかったのを外から確認していると、つい背後のエレヴェーターが開いた。加納青年が乗っている。

「先生、早く」

と言う。わけは判らないながら、私も乗った。「エル・プリメロ・ピソ・ポルファ

ボール（一階をお願いします）」と、エレヴェーター・ガールに命じた。

「シ・セニョール（承知しました）」と可愛らしい声で返事をする。髪の黒い、目のぱっちりした、なかなかの美人である。ニューヨークやサンフランシスコにも美人は多いが、メキシコ美人の方が日本人にはずっと親しみやすい気がする。それにこの娘は——胸に「ジョランダ」と名札をつけていたが——さっきから一所懸命に笑いをこらえているようである。ちょっと私は、からかってみたくなった。

「何ときれいな眼なんだ《ケボニートス・オホス・ティエネス》。ジョランダ」

と、これは「ラ・マラゲーニャ」の歌詞を使ったのである。少女は嬉しそうに笑って、

「グラシアス（ありがとう）」

と言う。照れないところが、日本の娘とはちがう。

そのとき私は、うしろから突き飛ばされた。折しもエレヴェーターは一階に着き、ドアが開きかけたところだったが、それにしても加納の私の送り出しかたは、いささか乱暴すぎると思われた。

しかし、並んで歩きながら加納が、深い吐息とともに言った言葉は、いっそう私を驚かせるに足るものだった。

「先生」と、深刻な声で加納は言った。「聞いていただけますか」

「聞くって、何を」

「……ぼくは、生まれてはじめて、恋をしました」

「恋?」ふざけているとしか思えなかったので、こちらも冗談で切りかえしてやろう、と思った。

「カンド・コモ・イ・ドンデ(いつ、どこで、どのようにして?)」

むろんこれは、私の学生時代にはやった名曲、「キサス・キサス・キサス」の一節である。しかしスペイン語をまったく知らない加納には、通じなかったらしい。

「ジョランダです」

「え?」

「いまの、エレヴェーター・ガールです」

「なるほど」やっと判った。それであんなにしばしば、エレヴェーターに乗っているのか。彼女がおかしがるわけだ。

「それにしても、あまり早すぎはしないかね」

「先生。ぼくはこんな感情は、生まれてはじめてです。彼女ほど美しく、可愛らしく、清純そうな女性には初めて会いました。いまの堕落した日本女性とは、月とスッポンです。彼女こそ天使です。そう、まさに天使のような、至純な感動が、彼女を見ていると、ぼくのうちに湧いてくるのです」

「恋とはどんなものかしら」の、モーツァルトのメロディが喉もとまで浮かんできたのを、やっと嚙み殺すことに成功した。どうにか、青年の恋の告白を聞く年長者にふさわしい、荘重な表情を作って、

「しかし、君は彼女のことを何も知らないのだろう。彼女が天使か悪魔か……」

ものすごい勢いで、彼は私をさえぎった。話しながら私たちは、ロビーを玄関にむかって歩いていたのだが、他の客が振りむくほどの情熱をこめて、加納は断言したのである。

「先生、ぼくには判ります。愛する男の直観が働くのです。この直観なしに、どうして人を愛することが可能でしょう。ぼくは決心しました。ぼくの一生の伴侶は、彼女をおいてありません。彼女に結婚を申しこみます。日本に連れて帰ります」

私は説得するのを断念した。ミイラにしろ何にしろ、いままでに彼の熱中を、逸《そ》らせるのに成功したためしはなかった。それに、たしかにジョランダは、なかなか美しい、性格の良さそうな少女でもあった。二人が幸福になればよし、もし不幸になったとしても、まだ若いのだから、やり直す余地は十分ある……。

何よりも加納が、私がとうにうしなってしまった若さの情熱と、むこう見ずな突進

力を持っているのがうらやましく、忠告めいたことを言う権利は自分にはない、と思わせられたのだった。

私の無言を、賛同と解したらしい。加納青年は、にわかに気弱な表情になって、声を落した。

「それで先生、実はお願いがあるんですが」

「何だね」

「メキシコで、女に結婚を申しこむときには、どうしたらいいんでしょう」

「そう。……日本と同じだと思うが、一応、調べてみようか」

この国の求愛風俗は、私にも大いに興味があった。現地に長く住んでいるM氏へ紹介状を持ってきてはいるが、氏はアカプルコへ遊びに行っていて、今夜遅くならなければ帰ってこない予定である。それに、そんな個人的な紹介状を持たされた相手に、いきなり求愛風俗を聞くのは、はばかりがある。

もっと事務的に聞けるところ、と考えて、大使館が頭に浮かんだ。いままでの海外旅行は、いっさい在外公館の世話にならないで済ませたが、大ていの代議士よりはたくさん税金を払っているのだし、たまには利用しても、罰は当らないだろう、と考えたのである。それに役所だから、よけいな気づかいはしないですむ。

ホテル・アラメダの交換手はつっけんどんで、気が利かなくて、なかなか大使館にはつながらなかった。大使館の相手に「日本人お願い《ハポネース・ポルファボール》」とくりかえして、ようやく眠そうな口調の、書記官を出してもらった。

名前を告げ、突飛な質問だが、と詫びて、さっきの疑問を質《ただ》した。書記官氏ははじめは眠そうだったが、だんだん熱を入れてしゃべりはじめ、さいごには具体的実行のアドヴァイスまでしてくれたのである。どうやらここの、まだ若いらしい書記官も、メキシコ風求愛風俗に、なみなみならぬ興味を抱いていたことは、確からしかった。

話を聞いてみると、なかなか大がかりなことだった。しかしもう、あとへは引けなかった。加納青年を手まねきして、私は言った。

「やるかい。少しは面倒くさいけど」

「やりますとも、何だって」

青年は早くも、勇気りんりんとしている。

「その前に、彼女の住所を知らなけりゃならない」

青年は、また肩を落した。

「弱いな。ぼく、スペイン語ぜんぜんできないんです。先生、お願いしますよ」

さんざん拝み倒されて、私はおもむろに、フロントに控えているベル・ボーイを呼び、チップをはずんで、「ジョランダの住所を知りたい」と言ったのである。

意味深長にうなずいてボーイは引きかえし、やがて紙片を持って、やってきた。

「これさえあれば大丈夫だ。さあ行こう。時間もちょうどいい」

「だって、まだ昼間ですよ。彼女は勤務中なんですよ」

「まあいい。まず、別の所に行く」

タクシーを止めて、私は、大使館から聞きとった別のアドレスを、運転手に示した。それから、料金の交渉をはじめた。メキシコのタクシーにメーターはなく、すべてその場の取引で値段が決まるのである。

ボロ・タクシーは通行人を追いちらしながら、曇り空の下を突っ走った。古い石塀でかこまれた、広場の入口で止まった。タクシーを降りると、たちまち、ワアンという騒音が耳を打った。

騒音ではない。一つ一つ聞けば立派な音楽なのだった。広場のあっちにもこっちにも、メキシコの民族衣裳に身をかためた男たちが屯《たむろ》して、ギターを爪弾き、声をふるわせ、ヴァイオリンを弾き、チターを鳴らし、あるいはアコーディオンを弾いたり、ハープをかき鳴らしたりしているのだった。手をうしろに組んで、勿体《もったい》ぶった男たちが、注意ぶかくそのあいだを通ってゆく。

「これ、何ですか」

「マリアッチ、さ。郷土音楽をやる楽団なんだ。ぼくの学生時代、トリオ・ロス・パンチョスというのが来たが、あんな連中さ」

「それで、ここは」

「彼ら楽団の〝市《いち》〟なんだ。彼らはみな、昼すぎからここに集まって、練習がてら、その夜の仕事をさがしているわけさ。楽団の欲しい連中がここに来て、ハープがついているから幾ら、とか、大人数だから幾ら、というふうに契約する。ホテルや酒場やナイトクラブの楽団は大体決まってるみたいだが、一晩だけ、マリアッチを呼びたい連中がくるのさ。とにかく、メキシコ人というのは、本はあまり読まないけれども、やたらに音楽が好きだからね」

　そう、私は書記官から仕入れたばかりの知識を披露した。

「へえ、で、どんなときにマリアッチを呼ぶのですか」

「それは新築とか、誕生日とか、いろいろあるんじゃないか。もちろん君みたいな、悩める恋人《ノビオ》のため、ということもあるし」

「ぼくは、音楽など聞いたって、別に慰められないんだけれどもなあ」

「いまに判るさ。……そうだ。その、全員チョビ髭のグループなんかどうだろう。ダブダブの白服の肩から織物をかけて、鍔広《つば》の帽子かぶって、なかなか土俗味たっぷりじゃないか。ヴァイオリンも入っているし」

私たちが目をつけた、と知るや、ヴァイオリンを弾き立てていたバンド・マスターは、大げさに会釈してみせた。傍に行って、私は値段の交渉をはじめた。多少の曲折はあったけれども、結局彼らのナイトクラブで稼ぎが終った午前零時から一時ごろまで、日本金のほぼ一万円で交渉をまとめたのである。例の少女の所書きを私は見せた。彼女の名前も教えた。

ホテルに近づくにつれて、加納青年は緊張しはじめた。しかし、エレヴェーター・ガールは交代時間らしくて、彼女は見当らなかった。加納青年は安心したような、落胆したような、まことに微妙な表情を浮べた。

夕方から外出して、メキシコ名物のタコスを食べ歩いたり、玉蜀黍《とうもろこし》の蒸し菓子をころみたり、ナイトクラブをまわったりしたことは省く。なにしろ加納青年はすっかり今夜の期待に酔っていて、どんなスペイン風美女が隣に侍《はべ》っていても、とんと眼に入らぬ様子だったから。さて、深夜、メキシコ風寺院の銅鑼《どら》に似た鐘が十一時を知らせてから、私たちはふたたびタクシーを拾って、少女の所書きに走らせたのである。

月が明るかった。タクシーは十五分ほどで目的地についた。白い、二階建の、小ぢんまりした家が何軒もつづく一画である。おそらくこれが、メキシコの中流住宅であろうか。前庭はなくて、ドアがすぐ街路に面しているのである。そのかわりバルコンには、鉢植えの植物が置かれ、白い花がこぼれている。

水色に塗った、ただ一軒の家だ、と聞いていたので、すぐに判った。この二階に、彼女の一家は住んでいるのである。二階の窓には鎧戸が降り、灯も消えているから、もう寝《やす》んでいるのだろう。ダークスーツに身を固め、蘭の花束をささげもった加納青年は、さっきから立ったりしゃがんだり、月光の明るい街路をうろついたり、真っ暗な軒下に入って恋人の窓を見上げたり……要するにはなはだ落ちつかなかった。

だんだん私も、落ちつかぬ気分になってきた。約束の午前零時をもう十五分も過ぎているのに、やとったマリアッチは、いっこうに姿を見せないのだ。「明日にでも《アスタ・マニャーナ》」というメキシコ人ののんびりぶりは知っているが、こればかりは明日では困る。明日《マニャーナ》はM氏の案内で、田舎をまわる予定なのである。今夜、すぐにでも進展させておかないと、加納青年は一人だけメキシコ・シティに残る、といいだすともしれない。

三十分待ったが、一行はあらわれない。四十五分がすぎると、加納青年はすっかり蒼ざめ、ぶるぶる震えて、気が気ではない様子である。

「ほんとに来るでしょうか、先生。何なら二、三組、予約しとけばよかったなあ」

「まあ待ちなさい。月もいいし、涼しいし、こんな美しい夜、恋人の窓の下で夜を明すのも悪くないじゃないか。ホテルに帰って眠るより、よっぽど気が利いているよ」

午前一時になった。一時を二十分ほどまわったころ、静まりかえった街の向うから、かすかに、音楽が響いてきた。

間違いなかった。ギターや、ヴァイオリンやアコーディオンの、楽しげな合奏だった。音楽はやがて、はっきりと聞きとれるほどになり、やがて長い道の、坂の向うから、白い帽子《ソンブレロ》がひとつ、ぽっかりと浮びあがって来た。さらに一つ。もう一つ。合計四人のマリアッチが、ギターを高くかかえてかき鳴らし、ヴァイオリンやアコーディオンを弾いて踊りながら、坂の上に姿をあらわしたのである。

「来た、来た」と嬉しそうに加納が言った。「それにしても呑気に、音楽をやりながら来るなんて」

「それが習慣なんだろう」と、私はなだめた。

潸々《さんさん》と注ぐ月光のなかで、白衣の四人はあいかわらず踊りつつ、しだいに近づいてきた。深夜の石造の街なかで、これは夢のように奇妙だった。先頭のヴァイオリン弾きが近くまでくるとやっと演奏の手を止めて帽子《ソンブレロ》をぬぎ、

「今晩は、紳士方《ブエナス・ノーチェス・セニョーレス》」

と挨拶した。

「さっそく始めてくれ、この若い紳士は、もう二時間も待っている」

と、私は注文した。

そこでたちまち、美しきジョランダの窓の下で、大時代な恋のセレナードがはじまったのである。近所迷惑ではないか、とはらはらしたが、楽団は遠慮なく、ありったけの音で弾き立てる。あまつさえギター弾きの色男が、声を震わせながら、恋の歌を歌う。

中に「ジョランダ」とか「カノー」とか「ハポン」などと言葉がはさまれるので、聞き耳を立てていると、どうやら、「日本から来た加納が美しいジョランダに一目惚れして、かくは愛を訴えているのである」という説明らしい。それから、万国共通の、相手を花や星にたとえ、わが胸の苦しさを訴える口説きが長々とつづく。これでは恋の相手もいきさつも、ぜんぶ近所に判ってしまうだろう。しかし曲自体はメキシコの古い民謡なのか、哀調を帯びていて、胸が詰まるほど美しい。

だいぶ経ってから窓が開いた。白い、キラキラ光る感じのドレスを着た少女が姿を見せた。まぎれもないジョランダである。盛りこぼれた鉢植の、花のあいだから乗り出し、窓の下にむかって、優雅に頭を下げた。私まで、思わず胸がときめいた。この瞬間、心の底から（マリアッチの習慣はいいものだ）と思ったのである。

足がすくんだようになっている加納青年の、背を押して、私は突き出した。青年は辛うじて月光のもとによろめき出たが、まだ呆然としてバルコニーを見上げている。手にした蘭の花束をさしだすことも、忘れた様子である。私はやきもきしたが、どうしようもない。

マリアッチの演奏は、一段と熱を帯びた。少女は微笑して加納を眺めている。加納がどんな表情をしているのか判らないが、おそらく視線は固く結ばれているのだろう。これは儀式なのだから、よけいなことをしゃべるより、無言の方がいいのかもしれない。たしかに、月光のなかで、楽団にかこまれた二人の姿は、意外に〝さまになって〟いた。

やがてがっしりしたアコーディオン弾きが加納の肩を叩《たた》いて、傍らにひざまずいた。どうやら、肩にのれ、ということらしい。加納が靴を脱ごうとすると、そのままで、という身ぶりをする。身軽に加納はアコーディオン弾きの、肩にかけた織物の上にのり、壁に手をつき、バルコニーにむかって、蘭の花束をさしだした。少女はしゃがみ、手すりの間から手をのばして、受けとる。花に接吻し、奥へ引っこむ。

またひとしきり、楽団が演奏する。少女が出てきて、手を振って、また入る。やっとマリアッチは、演奏を止めた。これで、一応の儀式は終ったらしかった。チップを弾んで、私たちはホテルに戻った。加納青年は完全に、魂を抜かれたような顔をしていた。

2

翌朝、ホテルにM氏が来訪された。私の父親と同年の寅年だというから、もう六十半ばのはずだが、肌は艶々としてどう見ても五十そこそこにしか思えない。小柄だが精気にあふれた体つきで、まず遅参の挨拶をされた。

「いや、いつもは六時には起きてます、夕べは近所で、マリアッチをやられましてね。それでつい寝すごしまして」

そっと、私はさっき頂いた名刺の、住所を確かめた。番地は違うが、まぎれもない同じ町名である。偶然のことながら昨夜氏を悩ませた張本人は、私たちだったらしい。

「それはそれは。でも、近所迷惑な習慣でもありますね」

と、私は加納青年に目くばせして、とぼけた。

「いや、まあ、『あの娘も年頃になって、恋人《ノビオ》ができたんだな』と近所でも考えて、我慢しますけどね。それに、いまどきあんなに、正式にやるのは少ないですし……それで、メキシコの田舎を見たい、というお話でしたね。車を用意してきましたから」

一階の食堂でヨーロッパ風の朝食をすませてから、私たちは部屋にもどり、大いそぎで仕度をととのえた。今日は遅番なのか、ジョランダ嬢はまだ、エレヴェーターに出勤していない。あるいは例のセレナードのせいで、寝坊してしまったのかもしれない。二人の今朝の顔合せを、私は期待していたので、少なからず失望した。

運転手つきのベンツが、玄関に待っていた。ここに進出していたベンツ・ディーラーが引き揚げるときに、安く売りさばいていったので、政府高官連中の車はみなこの車種だそうである。

あいかわらずの曇り日で、ときどき薄日が射している。市内を出ても、道路の舗装はすばらしい。近代的なビルにかわって、玉蜀黍の畑がひろがり、四角い石造の百姓家があらわれる。白いダブダブの服を着て、のんびりと牛を追っている男がいる。両手に果物をさげて、車に呼びかける少年がいる。

テオティワカンのピラミッドを見てから小さな村に入った。入口に草の葉で葺《ふ》いた、土産物屋がある。

「民芸品買われるなら、こんな店の方が面白いですよ。市内の店は高いし、どうしても都会むきの品になります」

粗末な板の上には、手織の肩掛けや、焼き物の人形や、木彫りのタバコ入れなどが並べてあった。奥の、薄暗い小屋の方は、値が張る品らしく、先住民族模様の透かし彫り衝立《ついたて》や、磨きあげた石の応接セットなどがある。みな現地でできるらしい。

小屋の、入口の棚に二つ三つ投げ出されてある、ハンドバッグに、私は目をとめた。それが、まだ見たことのない、実にふしぎなしろものだった。

栗の実のような丸っこい三角形で、全体が柿渋状の塗料で塗り固めてある。一面に、蜥蜴《とかげ》に似た固い鱗でおおわれているが、丸い底部だけが異様である。すなわち幾筋もの蛇腹になっていて、その伸縮を利用して、くるりと曲げてある。横から見ると、柄の附け根は蛇腹の支点になっていて、扇のかなめそっくりである。

何か、肥った爬虫類の頭と尻尾を切り落し、ぐいと曲げて、首と尻の切口をいっしょにあわせた感じである。空っぽの、腹腔のなかが、物入れになるのである。

おまけに、ハンドバッグの前後に二つずつ、小猿のそれに似た手が、太い糸で縫いつけてある。ちょうど首のない狸が、肥った腹をかかえた印象である。一方が太く、一方が細いハンドバッグの柄は、尻尾をそのまま利用したらしい。尻尾の一方は鼠の頭を平たくしたような頭がくわえている。耳までついている。御丁寧に眼には、赤いガラス玉がはめてある。

「アルマディーロ」

と、狡《ずる》そうな目をした、薄汚い親爺が説明した。

名前だけは聞いていたが、こんな珍獣のハンドバッグを見るのは、初めてだった。民芸品らしくいかにも不細工で、口金は安っぽかった。首の切口と尻の切口の間の入れ口が狭いし、底が丸くてコロコロするので、実用的価値は少ないかもしれなかった。おまけに鼻にあてると、柿渋と生皮の混じったいやな匂いがしたが、これは記念に、ぜひ買ってゆかねばならぬ、と思った。値段を聞くと、さほど高価でもない。ペソ紙幣を渡しながら、私は、

(これは、この近くで作っているのかね)

と聞いてみた。

(そうです。この村では、アルマジロでボルサ——ハンドバッグ——を作れる男は、一人しかいません。今でも、アルマジロの罠《わな》を仕掛けに行っているのでなければ家で作っているはずです)

(その仕事場が、見られないだろうか)と私は聞いた。早くも私も、この奇妙な動物に、なみならぬ好奇心を抱きはじめていたのである。ためらっているのを見て、

さらにペソ紙幣を押しつけた。男は不承不承うなずいて、裏木戸をあけた。雲が切れ、薄ら陽が射しそめていた。

低い土の塀で囲まれた中庭《パティオ》をかこんで、やはり低い家が何軒か固まっている。ちょうど奥へ入ってきた加納青年を伴って、その一軒の、薄暗い土間に入ると、異様な匂いが鼻を刺した。

土産物屋の主人は、早口で奥に呼びかけた。不機嫌な答えが戻ってきた。暗さに目が慣れると、皮の前掛けをした老人が、俎板状《まないた》の台を前にして、地べたに坐りこんでいるのが見えてきた。

俎板の両端には、皮のベルトがついていた。のみならずそのベルトは、仔豚ほどの灰褐色の生き物の、首と尾の附け根を抑えつけていることが判った。まだ生きているらしく、生き物の、ひっくり返された肥った腹は、せわしく上下していた。傍には鉄と革で作った罠がほうり出されてある。

「アルマジロ!」

と私は叫んだ。

「シ(そう)・アルマディーロ」

と、土産物屋の主人は答えた。

無関心に、痩せ干乾びた老人は、先太の大包丁を取りあげた。よほどよく砥《と》ぎあげてあるらしく、暗い土間のなかで、それはすさまじく光った。刃先に、小さなギザギザがついているのが見えた。

加納青年は、シャッターを鳴らしはじめた。機械的に老人は、刃先をアルマジロの腹に突き立てた。

「キュウ、キュウ」

とアルマジロは悲鳴をあげ、小さな手足をばたつかせた。背の鱗が俎板に当って、カタカタと鳴った。

委細かまわず老人は腹を断ち割り、その腹腔内に素手を突っこんで、内臓を掻き出しはじめたのである。血があふれる。茶いろや灰いろの塊が引き出される。アルマジロは激しくあえぎ、尻尾で俎板を打つが、たちまち静まった。しかし口は苦しそうに開き、小さな目からは涙をこぼしているのである。

見ていられなくなって、私は一人で外に出た。土産物屋の小屋を通って、道にもどった。

「何をお求めになりました」

黙って私は、紙袋から買物をとり出した。メキシコの薄ら陽に、アルマジロの甲は、

艶のある柿渋色に輝いた。瞬間、M氏はふしぎな表情をした。それは脅《おび》えとも、嫌悪ともつかない、複雑なものだった。しぶしぶ、

「いや、珍しいものをお求めになりましたな」

と言ったけれども、それはあきらかに、お愛想と判る口ぶりだった。

加納青年が、昂奮しきって飛んできた。

「すごいすごい。先生、すごい写真がとれましたよ。あれは拾いものだ。生きてるんだから、ミイラの内臓ぬきより凄い。人間の残酷さとアルマジロの悲しさ。……そうだ。ライフに売りつけてやろうかな。一万ドルかな。二万ドルはよこすだろうな」

何でも、お先走りしすぎるのが加納青年のいけないくせである。それに、あの哀れな動物の死をすぐ金儲けに結びつける加納青年の職業意識に、私はいささか不快を感じたので、冷たく、

「まさか、そんなにはなるまい」

と言ってやった。

「少なくとも、ジョランダを日本に連れて帰るぐらいの金は、十分払いますよ。アルマジロの涙も、マナイタも、無表情な老人の顔も、みんなよかった」

「ジョランダというのは」と、M氏がはじめて口をはさんだ。「メキシコ人ですか」

「そうです」

と、加納青年の望みを叶えるには、いずれM氏の力を借りねばなるまい、と思ったので、私はかいつまんであらましをのべた。もちろん、昨晩のマリアッチ騒ぎのことは伏せておいた。

「なるほど」と言って、M氏は考えこんだ。ベンツにのりこんで走り出してからも沈黙がつづいたので、何か氏の気にさわったのか、と私は思った。しばらくしてから、氏は全く関係のないことを話しはじめた。

「アルマジロとかアリクイとかは、ふしぎな動物ですよ。何ひとつ武器はもたないで受け身いっぽうなんだけど、たとえばアリクイなんかは、追いつめられると、相手を抱きしめてしまうんです。切られても突かれても、抱きしめる力をゆるめない。そうしてとうとう相手を窒息させてしまいます。抱きしめられて死んだ現地人も、何人かいます。……このやり方、何かに似てる、と思いませんか」

「何か、というと」

「つまり、女とでもいいますか。女の、男に対する愛の宿命とでもいいますか。女は、愛しぬくことで、男に復讐できるんじゃないか、という気が、私はするんですが」

私と、加納青年は黙りこんだ。一息ついて、M氏は話しはじめた。

太平洋戦争の始まる前のことです。私は神戸にある南米貿易の商店員として、単身でメキシコに赴任していました。若かったし、機密費はたっぷり使えるし、女は情熱的だし、毎日毎日が楽しくて仕方がなかった。それは一緒に派遣されてきている、他の商店員たちも、同じでした。ええ、いまなら貿易商社、商社員というんでしょうが、私たちの年代のものは、商店といわないと、どうも感じが出ません。

当時の悪友の一人に、友永《ともなが》という男がいた。金持の御曹司ですが、貿易実務を覚えるために、平店員として派遣されていたのです。むろん金もあり、スペイン人とまちがえられるほどの色男で、若くて、気っぷもよかった。これと思った女は人妻でも娘でも必ず射止め、三、四回は決闘さわぎになったことがあります。ええ、ここでは古式ゆかしく介添人をつけて、古ピストルで撃ち合うのです。めったに当るものじゃありません。私も一度、介添をやったことがありますが、第一、弾が相手の位置まで届かないんですから。

といって遊びではない。友永にとっては一回一回が真剣な恋なのです。惚れるとカッとなって、障害物が目に入らなくなる。そう、こちらの若い方——加納さんですか、顔つきはちがいますが、ちょっと物の言い方の感じが似てました。

馬が好きで、毎朝乗りまわすために、郊外に広い邸を借りていた。何代か前の、大統領の別荘だった、という代物《しろもの》で、部屋数も二、三十はあったでしょう。むろん従僕や家令をおいて、まるで大貴族の暮しでした。

その友永が、何度めかの恋の相手に選んだのが、アデラだった。美人の多いメキシコでは際立《きわだ》った美貌というのではないが、どこか翳《かげ》りのある、淋しげな表情が、彼の気持をひいたのでしょう。一時は、ほんとに夢中だった。だいぶ我々も、おのろけを聞かされたものです。

両親は死んでいて、アデラは伯父の家に寄宿していた。伯父というのが冷たい男で、遺産をぜんぶ横領してしまったので、アデラは働きに出ねばならなかった。アメリカ人の、貴金属商の店で、売子として働いているときに、友永に見初められたのです。

アデラは幼いころからの婚約者がいた。それを友永は強引に奪って、別荘に連れてきたのです。婚約者というのは気の弱い男なのか、それとも財産をなくしたアデラとの結婚には乗気ではなかったのか、いくばくかの金を渡すことで、解決がつきました。むろん我々友人が随分、奔走させられたのです。しかし我々としても、決闘の立会人にされて、逸《そ》れ弾《だま》におどろかされるよりも、こっちの方がだいぶ気楽ですからね。

婚約者が、カトリックの国に多い偽善者だったのかどうか、アデラは男を知らなかったそうです。それで友永はいっそう夢中になったらしい。はじめは気乗りうすだったアデラも、だんだん彼を愛しはじめ……別荘を訪問した友人たちは、いつもさんざんみせつけられて、うんざりして帰ってくるのがおちでした。もっとも友永は賑やかなことや、友人を招いて散財するのが好きな男でしたから、宏壮な別荘にはいつも、客の絶え間がなかったのですが。

　やがてアデラは妊娠した。私たちは二人が、結婚することを疑いませんでした。友永もはじめは、そのつもりだったらしい。しかし何しろ、彼の実家は名門だし、妹は華族に嫁いでいるほどです。実家はむろん反対だし、非公式ながら伺いを立てた宮内省の内意も、あまり希《のぞ》ましくはない、という風向きです。

　そのうちに――あらゆる男の本性として――だんだん友永の熱はさめてきた。妊娠して、アデラの腹がせり出しはじめ、器量が落ちたことも原因なのでしょう。だが、要するに、彼みたいな男は飽きるのです。飽きると、新しい花に、目が移りはじめるのです。

　一方、アデラの方は――これもあらゆる女の本性として――ますます肌身を許した男に執着しはじめた。友永の恋心がさめはじめた、と気づいてから、その執着はいっそう悲劇的な様相を帯びた。

少しでも気の利いた女なら、いったん身を引いて、男が戻ってくるのを待つでしょう。そうすれば、子供までできかけているのですから、ほっておかれるわけはない。しかしアデラの愛は、賢明なその手段をとるには、あまりに余裕がなさすぎた。捨てられるのではないか、という不安で、盲目になった。ますます強く、男にすがりつき、男をしばりつけておこうとした。

愁嘆場にふさわしくないわがドン・ファンにとって、これはもっとも苦手なやり方だった。半ば良心に責められながらも、一方では自分の自由をこんな形で縛りにかかってくる女に飽きを通りこしていつか憎悪を感じはじめたとしても、ふしぎはありません。

だんだん、友永の顔色はすぐれなくなった。友人たちとあっても、不機嫌でいることが多くなった。いくら彼が嫌味をいっても、うんざりした顔をみせても、ますます強く自分を抱きしめる、貧歯目みたいな女の愛情に、げっそりしていたのにちがいありません。

折も折、故郷の、友永の父が重病だ、という電報が入った。とるものもとりあえず出発の準備をしながら、友永はこの機会に、すっぱりとアデラと、縁を切る決心を固めたのです。

彼は、アデラの後見人だった伯父を呼んだ。委細を話し、アデラ母子が小さな商売でも始めて、食べてゆくには十分すぎるほどの金をあずけた。その代償としてただ一つ、自分が戻ってくるまでに、アデラ母子がこの別荘から姿を消していることを要求したのです。

ずるい笑みを浮べながら、伯父はその大金を受けとった。せいせいした気持で、友永は日本に向う客船の一等船客となった。

あとで考えてみると、我々友人の誰かに頼まずに、強欲な伯父に依頼したのが、彼の一生の失敗でした。

伯父は、はじめは友永の依頼を忠実に実行するつもりだったらしい。しかしいったん手に入った大金というものは、かなり道義感情の健全な人間にも、それを手ばなしたくない気持を起させるものです。しばらくあれこれと考えていてから、伯父はその金の半分を、素焼の土壺に入れて、床下深く隠した。残りの半分を持って、街の顔役——というのはつまり、どうしようもないゴロツキですが——を訪れ、こう頼んだのです。

「親分、ひとつあの娘を、親分の縄張りのうちのどこでも構いませんから、なるべく遠くに預けてやってはくれませんか。身ふたつになってからなら、どんな仕事にこき使われても、文句は言いませんから」

　ところがこの親分は、自称しているほど縄張りが広くなかったのか、あるいは不精者だったのでしょう。その金のさらに半分をピンはねし、残りを、ここら一帯の山地に出没する山賊の親分の手に渡して、哀れな娘を適当に処分してくれるように、頼んだのです。

　数日のちに、薄情な伯父の中庭《パティオ》に、通りから重たい包みが投げこまれた。開いてみて、伯父は腰を抜かした。姪《めい》の、アデラの生首が、うらめしそうに目をむいて、包みのなかからころがり出したからです。

　これは伯父の希んだのよりは、乱暴にすぎる解決でした。あるいは山賊は、初めはそのつもりがなかったのに、立ち退きの話、別れ話がこじれて、かっとなって兇行に及んだのかもしれなかった。たしかに、アデラには、じめじめ、うじうじした、こちらが暴力でもふるわなければやりきれないような気持にさせる所もあった。それが初めは友永にも淋しい翳り、と見えていたのだが、だんだんに嫌気がさしてきたのかもしれません。

　胴体は、どこに埋められたのか、さっぱり判らなかった。伯父は首をこっそりと処分し、坊さんにお布施を弾んでミサをあげてもらい、それですっかりかたがついた心算《つもり》でいたようです。

むろん私は、そんなことは知らなかった。うまく話がついて、アデラは立ちのいたのだ、とばかり思っていた。でなければ、いくら豪華な邸だとはいえ、友永が留守のあいだ、住んでみたいなどと思うはずはありません。ええ、日本に帰った友永から手紙がきて、

（アデラが立ちのいたかどうか、報《し》らせてくれたまえ。それから、もしよければ、ぼくが帰るまで、留守番をかねて住みこんでくれないか）

と、依頼してきたのです。

友永の召使いたちはみな暇をとらせたので、通いの女中が、食事の仕度にくるだけだった。広大な邸のなかに、夜はまったく一人になるのだが、別に怖くはなかった。もと大統領の寝室だった部屋を居間に定め、豪華なベッドの中で、私は手脚をのばしました。ときどき、得体《えたい》の知れない獣の唸《うな》り声が遠くで聞えていたが、すぐに静かになった。風のない、むしあつい夜で、寝苦しかったが、やがて私は、とろとろとした。

ノックの音があった。夢ではなかった。耳をすませた。

また、しのびやかなノックがあった。

私は身を固くした。広い邸の戸締りは、すべて厳重にしてきたはずだった。誰も入

ってくるはずはない。あるいは盗賊か。

護身用の、枕もとのピストルをとりあげた。安全装置を外し、腰にかまえて、ドアの傍によった。

はっきりと、小さなノックがあった。

「キエーッ（誰かっ）」と私は叫んだ。叫びながら、ドアを蹴りあけた。

その一瞬、かさかさの、細い、しなびた手のようなものが、私の顔を撫でた感じがあった。はっ、とのけぞって、よく見ると、誰もいない。黒々とした廊下の闇がひろがっているきりです。冷たい風が、どこからともなく吹いている。地獄からの風に当ったように、私は身ぶるいした。

翌朝まで、私はまんじりともしなかった。明るくなって、家中を点検したが、むろん誰も侵入した形跡はないのです。

次の夜は、朝まで起きているつもりだった。しかし十二時をすぎると、前夜の不眠もあって、やはり眠気が襲ってきた。服を着たまま、私はしばらくまどろんだ。戸締りは、前夜よりさらに念入りに確かめておいた。

目がさめた。トン、トントン、と軽い音がドアを打っている。やはり夢ではない。間をおいて、そう、また、トン、トントン、と。あれは女のノックだ。だが、はたして、誰が。

小さな声が聞えはじめた。哀れ気な、弱々しい声が、

「トモナガ……セニョール、トモナガ……」

全身の毛が逆立った。窓にしっかりブラインドを下してあるのを確かめた。ピストルをドアにむけたまま、私はガタガタ震えていた。もし、ドアが少しでも開いたら、私は躊躇なく撃ち込むつもりだった。相手が、この世の存在であろうとなかろうと。

しかし、それきりだった。

足音が、とぼとぼと、廊下を立ち去ってゆく気配があった。

翌朝、私は地元の事情通何人かにチップをやって、邸にまつわる話を片端から語らせた。この邸の持主だった何代か前の、大統領の話も聞いた。

何回かの任期が終るとその大統領は、次々と自分の子分を大統領にして、思うままに政権をあやつっていた、ということだった。子分に勢力がつきそうになると、さっそく辞めさせ、次の子分を大統領にしていた。一方、この別荘に、国費で養鶏学校を開かせ、養鶏場のあがりはぜんぶ懐《ふところ》に入れていた、ということだった。

ある朝、子分の現大統領がクー・デターを起した。トラックに機関銃をすえつけて、もと大統領の寝室を襲った。寝衣姿のままトラックにのせ、メキシコ・シティの飛行

場から国外追放に処した。あるいはそのもと大統領が、金か何かを邸内に隠していて、その執念が残っているのでは？

そう、村の事情通は言うのです。それにしては「トモナガ」という言葉がおかしかった。とにかく、こんな化物屋敷は、もうこりごりだった。荷物をまとめて、私は早々に、メキシコ・シティに逃げ帰った。

二カ月ほどして、友永が帰ってきました。私はチリに出張していて、彼には会えなかった。そして、そのまま会えないなりになりました。チリから帰ってきてみると、彼はもう、日本に送還されたあとだったからです。

そうです。友永は発狂した、というのです。メキシコについて、あの別荘にもどって、寝室で一晩を過して……翌朝はベッドから落ちて、気絶しているところを発見された。意識が回復したときは、すでに完全に、精神に異常をきたしていた。誰の顔を見てもおびえて、「手が……手が……アルマジロの手が」というばかりだったのです。

あの夜の、ノックのことを私は思い出した。あの手の感触は、たしかにアルマジロのそれに似ていた。しかし、固く口をつぐんで、誰にもしゃべらなかった。友永の別荘は売りに出ていたので、妙な噂を立てて、彼の迷惑になることを恐れたのです。

三年ほどして、やっと買手がついた。ヨーロッパ帰りの、メキシコ人の医者が買ったのです。買いはしたものの、建物が広すぎて、古くて不便なので、解体して、建て直すことになった。

たまたま私も、その村に滞在していた。取りこわし作業が進行している、ある朝のことだった。起きて髭を剃っていると、村人が叫び声をあげながら走ってゆく。何か異変が起ったらしい。好奇心では人後に落ちぬ方なので、さっそくズボンをはいて、かけつけてみた。

くずれた壁の前に、何人かの土方や村人がむらがっていた。人垣を押しのけるようにして、私は、首を出した。

いまくずれた土壁は、あとで塗り加えたものらしく、うしろに本来の石壁が見えていた。その石壁に背をもたせ、土くれに半ばうずまって……首のない女が、尻を落して坐りこんでいた。

ミイラ化して茶いろになっていたが、臨月の腹を、両手でしっかり抑えていた。乾いた、細い、かさかさの手で、腹のなかの胎児を、大事に守ろうとするように……。

「そのミイラが、アデラの胴体だったことは、申すまでもありません」

と、快調に走りつづけるベンツの中で、M氏は語った。

「警察が動き出し、伯父が検挙され、アデラの悲惨な最期のことが、やっと判りました。お話、というのはこれだけなんですが」

M氏はしばらく、言おうか言うまいか、と迷っているふうだったが、とうとう口に出した。

「お求めになった、アルマジロのハンドバッグを見たとたん、私はアデラのミイラのことを思い出してしまったのです。いや、首のないところといい、ふくれた丸い腹を、干乾びた手が大事そうに抑えているところといい、色つやといい……。いや、それだけのことです。別にお気になさることはありません。何も、それだからハンドバッグに呪いがこもっている、などということはないのですから。昔、好事家《こうずか》が日本に一つ持っていったときに、三十万円の値段がついた、ということですから、いいお土産になりますよ。ただ、私が申しあげたかったのは……そうだ、メキシコの女に結婚を申しこむときには、慎重にした方がいい、ということなんです。私が加納さんに申しあげたかったことは、ほんとうは、こっちの方だったんです」

しかし、加納青年はいつもの元気に似ず、青ざめて前をみつめたまま、返事もしなかった。

私たちは一週間ほどメキシコに滞在したのであるが、そののち加納青年とジョランダの関係は、いっこうに進展した様子もなかった。もっとも、アカプルコやタスコをまわり歩いていて、メキシコ・シティにはさいごの日に立ち寄ったのであるから、チャンスもなかった。それにしても加納青年が、初めの熱意を保ちつづけていたならば、単身ホテル・アラメダに残ってもいいはずだったのである。

　熱しやすい人間は冷めやすい道理であるが、これほどだとは思わなかったので、帰りの飛行機のなかで、私はからかってやった。

「どうだい。Mさんの話が、だいぶこたえたらしいじゃないか」

「別に、それが原因じゃないんですがね。……いや、やっぱりそうなのかな。どうもあの老人はいけない。人をくさらせるようなことをいう。たしかに、あの話を聞かされてから、ぼくは彼女が、貧歯目の仲間に見えて、しかたがなくなったんですよ。うっかり近づくと、抱きしめられて窒息させられるかもしれない。かっとなって首を切っても、アルマジロみたいな手で胎児のいる腹をかかえこんだまま、じっと壁のなかに坐りこんで、待ちつづけるかもしれない。その、鈍重なふてぶてしさみたいなものが、どうもたまらなくて」

「別に、そんなに彼女に近づいたわけじゃないだろう」

「それはそうですけど……でも、大体女はみんな、そんなものでしょう」

「それはまあ、そうだが」

帰国してから、私はあらためてアルマジロのハンドバッグを眺めた。たしかにそれは、ふくらんだ腹をかかえてじっと坐っている、首のない妊婦にそっくりだ、という気もした。怖ろしい不吉な感じはなかった。むしろ滑稽で、愚直で、悲しくて、いじらしい印象だった。

とはいえ、まったく不吉なことがなかったわけでもない。加納青年が撮ったアルマジロ生体解剖の写真は——彼の満々たる自信にもかかわらず——一枚も、まったく感光していなかったのである。

心中狸《だぬき》

「狸の話、でござりますか、さあて」

と、老人は聞きとりにくい震え声で言って、歯のない口もとを引きすぼめた。木の葉を洩れる月のひかりが白髪にこぼれて、顔はいっそう暗くなった。その秋、わたくしは淡路島にわたり、淡路町から北淡、五色、西淡、南淡、津名、東浦と、ほぼ一月にわたって、土地の古老から民話を採集しつつ歩いていたのであるが、島の東側にある洲本《すもと》市に宿をとったのは九月も末、ちょうど中秋名月のころであった。昼間はちかくの三原町まで足をのばし、有名な淡路の人形浄瑠璃を見たついでに、昔は全国どこでもおこなわれたらしいが、いまは淡路島にただひとり、その術をこころえた老婆が生き残っているきりの、狸おろしと称する占いを見学してきた。狸おろしにたいする興味よりも、そうした土地のふるい女が何ぞ昔話でも持ちつたえているかもしれぬ、という期待にひかれておとずれたのであるが、見るからに意地の悪そうなほかは何の変哲もないその農家の老婆は、聞きとりにくい早口の方言での口寄せを、それもはなはだおざなりに済ませて、お布施をうけとると、あからさまに早く帰れがしの態度になって、いっさい口を利こうとしなかったのである。収穫はなかったものの、とにかく昼間はそうして歩きまわっていたのだが、宿に帰って粗末な夕食を肴に徳利を二、三本倒すと、いよいよわたくしは何もすることがなくなった。さらに盃を重ねるのもわるくないが、せっかくの月夜を、市内の、せせこましい穴倉のごとき酒亭ですごすのも愚かしい。しょうことなしに宿の浴衣に半纏をかさね、焼印を捺した下駄ばきの懐ろ手、微醺《びくん》にほてる頰を夜風になぶらせつつ、月光だけが豊饒に流れる人気のない道をあてもなく歩いているうちに、ふと近くの三熊山にある城あとの公園にまで登り、そこから心ゆくまで島かげに沈む月を見ようと思いついたのである。しかし、いざ登りはじめると、修復された矢倉が夜目にもしらじらとそびえている頂きは意外に高かった。山道は月に明るいが、あまりの明るさにかえって道の凹凸がわからず、しかもひと足、樹々がびっしり枝葉をさしかわしている影に踏みこむと、鼻をつままれてもわからぬ真の闇である。おまけに宿の下駄は安定がわるく、鼻緒が指にすれて痛む。とうとうわたくしは城あとまで登るのはあきらめて、途中に小さな四阿《あずまや》を見かけたのを幸い、腰をおろして休むことにした。落ちついてみると、四阿が設けられているだけあって、ここも見晴しは悪くない。目の下にひろがる山腹にはいちめんの芒《すすき》が銀いろの穂を思い思いにそよがせており、そのはるか下は岩礁で、暗い波がたえず砕けて白い歯ならびを見せている。そのざわめきは風に吹きあげられて、虫のすだきのあいまにとぎれとぎれに聞えてくるのである。海は溶かした鉛のような、粘稠《ねんちゅう》さと重さと鈍い金属光沢の感じで静まりかえり、その向うには紀伊半島が伸びているはずであるが、島のように海面から盛りあがった動かぬ黒雲にさえぎられて、さだかには見えない。黒雲の上面は煌々とかがやいており、そして月は異常な大きさで、いまやわたくしの真正面に、手をのばせば触れそうな近さにある……。

……どのくらいの時間がたったろうか。背後にふと生きたものの気配を感じて、わたくしは振りむいた。四阿の入口に、小柄な老人が立っているのである。髪は真白だが、あるいは月のひかりが実際以上に白く見せているのかもしれない。顔立ちもはっきり見えているのだが、明るいとはいえ陰影の生じかたが昼間とはちがうので、どうにも印象がまとまりにくい。着ているのは和服、それも大阪あたりでじんべと呼ぶような老人のふだん着らしかったが、腰羽目の暗さに吸われてさだかには見えない。丁寧に辞儀をして、老人はわたくしに話しかけたのだが、その声のわななきや弱々しさから推すと、かなりの老齢にちがいあるまい、と思われたのである。

「お客さまは今日、三原に人形芝居《こしばい》を見にござりませなんだか」

その通りでございます、と答えると、いっそう遠慮がちに、

「あのような古めかしい田舎人形、さぞ御退屈でござりましたろう」

と気をつかうところをみると、たぶん彼もそのとき会場に居合わせて、わたくしを見知っていたのにちがいなかった。といって、広い、がらんとした人形会館のなかに客といってはわたくし一人しかおらず、この一人のために舞台では黒装束の男が三人がかりで人形を抱きかかえ、太功記を熱演してくれたのである。三人が呼吸をあわせて立ち、坐り、走り、退き、四十円の観劇料が気の毒になるほどの奮闘ぶりであったが、あるいは彼は三人の人形つかいのひとり、でなければ顔を見せずに切符を売り、すぐ舞台の裾へまわって、幕ひきから拍子木から鳴り物いっさいをつとめていた男にちがいない。退屈どころか、感情をもった生き物のような人形のうごきはわたくしにはたいへんおもしろかったが、もっと楽しかったのは芝居のあとで見せてくれた、拍子木でパンパンと舞台を叩く音もろともの、背景の早変りであった。はじめは御殿の、ひろびろとした奥座敷である。襖がさっとひかれ、燭台をずらりと並べた次の間があらわれる。次の襖を開くと、はるか舞台の奥までつづいた何百畳もの広間である。明り障子が開かれると、松と泉水のある庭が小さく見え、石燈籠の向うに、もう一つ、

別の御殿が見えている。と思う間もなく大音響とともに手前の襖が閉じられ、床板がバタバタとひっくりかえり、ふたたび襖がひらくとそこは長廊下で、六匹並んだ兎が忙しく餅つきをやっている。射的ゲームの目標のように、体を前後にゆすって餅をつきながら、端からどんどん消えてゆくのである。……

巨大な天狗の顔がこちらを睨んでいる。はらり、と朱房のついた御簾《みす》が垂れ、たちまちひきあげられた奥の上段の間には一列横隊に狸が並び、一斉に腹つづみを打っている。明り障子の向うを、御殿女中が膳を目八分に捧げ、ぞろぞろ渡ってゆくのが影絵になってうつる。さいごの一人は、太い尻尾をひきずっている。そのときになって気づいたのだが、演題は、阿波の狸御殿というのである。要するに理屈は、絵やセットをつぎつぎとさしかえてゆく、大きな紙芝居らしい。しかし威勢のよい床叩きとともに、目を凝らすひまもなく、異った部屋や調度が展開してゆくと、つい、これが書き割りだということを忘れてしまい、現実にこうしたふしぎな御殿へ迷いこんだ気持になりかねないのであった。それが面白うございました、と答えると老人はくりかえしてうなずき、

「わたくしも左様でございます。他にお客さまのおられなんだときに、ひとりで早変りを見ておりますると、しぜん自分が御殿のなかにひきこまれるようで」

と、まるでこちらの経験をみすかしたようなことを言う。

「あの狸御殿には、なんぞいわれでも」

と、いよいよ人形関係者か、でなければよほど熱烈な浄瑠璃愛好者に老人はちがいあるまい、と思ったので、わたくしは踏みこんで問うてみた。

「さあて」と老人は首をかしげ、ややあって、

「いわれ、というほどのものは存じませんが、たぶん御承知のように、この阿波と申す国は、佐渡と並びまして、日本でも狸の話の多いところでござります。鍋島の化け猫とか、彦根の狐老女に似た話がいくつもござりまして、そんな話から、人形浄瑠璃の人たちが、あの狸御殿の早変りを思いついたのでは、ござりますまいか」

「その狸の話というのを、お聞かせ願えますまいか」

と、わたくしはテープ・レコーダーを宿に置いてきたのを後悔しながら、誘い水をむけてみた。阿波に伝わった狸伝説の、有名なもののいくつかは、わたくしもすでに知っているが、身なりのみすぼらしさに似ず案外な物識りらしいこの老人なら、新らしい話の一つや二つは持ちあわせていないものでもあるまい、と思ったのである。

「さあて、私なんぞの古くさい話が、お気に入りますかどうか……」

ためらうのを、その古くさい話こそ聞きたいのだ、とわたくしはくりかえして頼み

こみ、ようやく老人は、ぼそぼそとした口調で、語りはじめたのであった。

⁂

雪隠《せっちん》に狸がついて困る、という愚痴を、阿波の少し草深い田舎の旧家などでは、よく聞かされたものでござります。用足しに入ったのが若い女であれば、狸はいっそう張りきると見えて、わるさの度合いは、ようけ激しゅうなるのでござりました。

雪隠の戸をほとほと鳴らすだけでなく、下から毛むくじゃらの手をのばして、むっちりしたお尻を撫でます。用を済ませてほっと一息ついたところを、長い冷い舌でぺろりと舐めます。明治のはじめごろ、阿波の国勝浦郡の大元寺という古寺の厠で、若い娘がおなじ災難にあい、ほうほうのていで逃げもどってきましてなあ。寺婆が燭をかざして検分に行ったれば、白髪のえらい爺さまがしゃがんでござり、眼を青びかりさせて振りむいた、と申しますけに。

気丈な若妻が、刀をかくして厠に入り、撫でにきたところをすかさず払うたことがござります。たしかに手応えがあり、翌朝雨戸をあけてみれば、針毛を生やした大狸が、前肢を切り落されて死んでおった。いえ、そこまで確かめいでも、刀を振ったときに竹束を落したようなどえらい音がしましたけに、化け物は狸やと判ったでなあ。

この、もとの姿にもどるときに大仰な音を出しまするのんが、狐とはちごうた狸の化け方の、不器用なしるしなのでござります。

　何のたしにもなりますまい、生命にかかわるこないな危いまねをして、雪隠に隠れているところを見ると、狸はきっと女のお尻が、好きで好きでたまらなんだのかいなと思います。たしかに若《わあか》い女の、ほっそりした胴から、ふくらんだ、まるい脂づいたお尻の美しさには、狸でのうてもふらふらしますやろけんど。たとえて言えば、昔《まいかた》は雪隠を川屋というたことでも判るとおり、ここらあたりのええ家では、川の上に張りだしてこさえてあってなあ。都会《ばしょ》からおいでた方は知りなされますまいけんど、わしらのこうまいころは、若い衆は谷間の繁みに隠れこんで、惚れた娘の入っておる厠を、胸を熱うして見上げるのんも、珍しゅうはござりませなんだ。お経の文句で言うたら、渇仰《かつごう》、とでも言うたらええかいな。そうした渇仰の振舞いは、昔は賤しい若い衆だけでのうて、貴い神さん方までが、なされたことやと、どこぞに書いてありませなんだか。……そうそう、古事記の、三輪の大物主《おおものぬし》の神さんでござりましたかな。村いちばんの器量よしの、勢夜陀多良比売《せやだたらひめ》にお焦れなされ、丹塗矢《にぬりや》に化けて、厠に入った娘の陰所《ほど》をばお突きなされた。こうしてお生まれになった姫さんを富登多多良伊須須岐比売《ほとたたらいすすきひめ》と申し上げて、のちに神武天皇さんの皇后さんにお立ちなされた方や、と、物識りに教えてもろうたことがござります。

じゃけになあ、雪隠につく狸も、美しいもんを渇仰するあまり穢《きたな》い場所にもぐりこむのも厭わん、勇猛《がい》な、それでいて心の優しい生き物じゃと、賞められてもよろしいにと思いますけんど、どうしたことかただただ不潔な、図々しい、厭らしい、阿呆げた奴じゃと決められて、卑しまれ、憎まれつづけ、つかまると片端から狸汁にされてしもうたのは、ほんに哀れではないかいな、と思います。もっとも、実明に言うて、狸は生まれつき、あまりきれい好きとは言えませいで、そんで悪食《あくじき》で大喰らいで、動きが遅うて、恰好まで悪いけに、人さまに厭あな感じを持たせたんかもしれませんけんど。それに、日本じゅうに広がってしもうた、狸のなんとか八畳敷とかいう言葉が、狸をいよいよ品の悪《わある》い、阿呆げた生き物のように思わせてしもうて、とうとう信楽焼とかいうて、徳利といっしょに地べたにひきずるほど長う垂らした焼物《やきもん》まで出てくる始末でなあ。けんど、八畳敷なんとかの言葉は、昔は別の意味だったのでござります。はい、そのころは金細工の職人たちは、金の粒を皮につつみ、木槌で打ちのべて、金箔を作っとりまして、その包み皮にいちばんいいのが、これが狸の皮で、決して化かしたわけではござりませなんだが、金のほんのこうまい粒が八畳敷に打ちのばせることもござりますけに。あの言葉はもともと、狸の金皮八畳敷、いうて、狸にとっては悲しゅうおますやろけんど、その皮の良さを賞めた言い伝えなのでございましてな。

狸の化け方のぶざまな話については、いちいち申し上げていては、きりというもんのございません。文福茶釜の話は、このあたりでは狐が化けたのんと、狸の化けたのんと、二通りございますが、狐の化けたのんが売られては逃げ出し、売られては逃げ帰りして、持主を金持にして恩返しをしますのに、狸の釜は小僧にタワシでこすられると、痛い、もっと柔かにこすれ、と文句をつけ、炉にかけられると、あちち……とわめいて正体をあらわしてしまい、およそこらえ性と申すものがございません。山中の一軒屋に狸が来いて、腹を、ぽと、ぽと、と叩いてなあ。うっかり返事をして、途中で止めると取って喰われると申しますけに、一軒屋では木魚を叩いて返事をした。夜っぴて、

ぽと、ぽと……ぽく、ぽく、

ぽと、ぽと……ぽく、ぽく、

叩きおうたあげく、翌朝外に出て見たら、大狸が腹を上にして死んでおった、とも申します。よう化けるのんは大坊主で、けんど珍らしいものにならﾞ、何でも化けたものでございます。明治三十幾年に豊川鉄道がはじめて長篠へ通じましたとき、川路の正楽寺森の狸が機関車に化け、威勢よう突進してきて、機関士をおどろかせてなあ。

最初のうちこそ慌てて停めたのんが、あまり度重なるので思いきって突っこんでみたら、目玉をぎらぎら光らせた機関車はふっと消え、何やらことりと礫いた感じがしますやろ。その狸の死体は、翌朝線路工夫が来て、煮て喰うたと申します。おなじ話が東海道線がはじめて通じたころ、宝飯《ほい》郡の御油《ごゆ》と蒲郡《がまごおり》のあいだのトンネルでもございますけに、勇ましい蒸気機関車はよっぽど狸の好みに合うたんかいなと思いますけんど、この勇猛《がい》好き、大仰好きのはては、みんな悲惨なことでございました。

さて、阿波の狸でございますが、この土地の狸は、そうした気の荒い土地のんと違うて、勇猛な話はひとつうもございませなんだ。かと申して佐渡の名物狸、団三郎親分のように、金山のこぼれ金をあつめて金貸しをし、大金持になり、病気のときは乗物を仕立てて医者を呼んだりするほどの、甲斐性もございません。まあ、大名行列をやったり、源平合戦を語ったりはしますけんど、ここの狸がいちばん好きなのんは、力よりも金よりも見栄よりも、ほんとはお尻、それも若い、きれいな女子《おなご》はんのお尻でございまして、そのお尻の美しさに、穢さも生命の危さもいとわず、お仕えするのんが阿波狸の生き甲斐ではなかったんかいな、と思います。

話のはじまりというのんはまあ、鍋島の化け猫や、彦根の狐老女に似とりまして、狸がお女中に化けて蜂須賀侯の姫さんにお仕えしていた、と申すのでございますけんど、これが変っとるかいな、と思いますのんは、……と申しますまえに、昔《まいかた》の姫さんの暮しから言わんなりませんけんど、どこの御殿でも姫さん言うのんは、厠にお出でても、わが手であと始末をする、ということはなされませいで、かならずお女中をつれて入り、世話をさせたものでござります。その役目がよっぽど羨ましかったかしてな、阿波狸はお女中の一人、刈藻《かるも》と申すのんを喰い殺し、化けて、取って代った、と申すのでござります。

御殿の泉水の繁みや石燈籠のかげから、阿波狸は姫さんを見かけて恋い焦れとったのかいな、と思います。姫君と申しますのが十七か八、そのころならもう嫁入りにお出でんならん年頃じゃけど、何の因果か男嫌いということで、何方《いずかた》へも縁づかれませいで、父上にあたる大殿さまに、お城の三の丸に大仰な御殿を建てて貰われ、老女や許詰《もとづめ》や女小姓にかしずかれて、ひとりで、気楽に、豪勢な暮しをなされていたのでござります。姫君は、それはお美しい方ではござりましたが、ただこう嫋々《なよなよ》と、女らしい、優しく柔らかい美しさ、というわけではのうて、男嫌いを大殿さまにむりやり承知させてしまわれただけあり、きりりとした、利口げな、気持の強げなお顔つきで、お体はすらりと痩せて硬く締まり、身のこなしはすばやく、肌もなめらかで肌目こまかいものの浅黒う、女と申すよりはむしろ美少年、前髪立ちの若侍、といった感じの方でな。なにより美しいのはその、少し眼尻の吊りあがった、涼しい、大きく張った、よく光る眼で、ときには残酷そうにも、ときには意地悪そうにも、ときには悪戯っぽくも光るその眼でじっと見られると、大ていの男は体中の力を吸いとられるような、ふしぎな気持になったものでございます。

姫君さまのお楽しみは、どこのお城でも琴をひいたり香を焚いたり、せいぜいが内緒狂言ぐらいのことでございますが、この姫君と申すのんが変っておいでて、袴をつけ、襷《たすき》をかけて、別式女《べっしきめ》たちと薙刀や小太刀、馬の稽古をなされるのが、なによりのお好きでな。はい、別式女と申しますのんは、どこの奥向きにも三、四人は居りましたが、まあ武芸の女指南役とでも申しましょうか。大小をさし、眉を払って眉墨をせず、着物も対《つい》っ丈に着て引きずらず、利かぬ気の顔の女で、たとえば蛇責めになった加賀騒動の浅尾なんぞも、やはり別式女であったらしゅうございます。ま、別式女には生れつき男のような骨の太い、体つきの頑丈な、声ののぶとい女が多うございまして、みんな男ぎらいで通してはおりましたけんど、姫君の男ぎらいは別式女たちとはまるで逆に、男に敏感すぎるあまり、どこぞに触れられるだけできゅっと身をちぢめるほどの、気位の高い処女の感覚のするどさから、そうなったんではないかいな、と私は思います。そして、因果なことに、この種の処女が、身震いして嫌い、怖毛《おぞけ》を立てて憎み、徹底的に残酷にあしらう相手が、この狸、いや何も狸には限りませいで人間でも同じでございますが、不潔で、大喰らいで、それも悪食で、ぶくぶく肥って鈍重で、体臭が強く、下品で、腹のつき出て恰好の悪い、阿呆げた面の、中年男、と相場はきまっておりましてな。じゃけにこの十七歳の処女は、狸にとってはいちばん苦手な相手にちがいございませなんだが、困ったことに男がいちばん惚れるのは、このような、いちばん自分の手に負えない女子や、と、これも相場は決っておるものでございます。旦那さんも胸に手をあててよう考えてみなはれ。な、そうですやろ?

もちろん阿波狸もそれはよう承知しておりまして、いっときは姫君の愛馬の、すらりとしてしかも逞しく、色気のある体つきを羨んだり、金の格子と蒔絵の籠のなかでお手ずから飼われている南蛮渡りの鸚鵡の、美しい羽色を嫉ましゅう思うたりは致しましたなれど、生まれつきはどうしようもございません。どうしようもないことはいまひとつありまして、それは狸がいかに姫君に惚れぬいても、男女の交りはできず、もし強いて行えば狸がそくざに生命を喪《うしな》う運命《さだめ》なのでございます。あれは今昔物語でございましたかな。今は昔、年若うして形美麗なる男があって、二条朱雀の朱雀門の前を通ると、十七八ばかりの女の、端正で美麗なのが、微妙《みみょう》の衣を重ねて着て、立っておった。男は女を口説くけんど、女は応じない。自分が死ぬことになるから、と申すのでございますが、男は信じないでむりやりに思いを遂げようとする。そこで女は、死ぬ決心をした上で身を許すのやけんど、たしかこう書いてございましたな。『女泣く泣く云《いわ》く、「君は世の中に有て家妻子を具せるらむに、只行ずりの事にてこそ有れ。我れは君に代りて、戯れに永く命失はむ事の悲しき也」』で、女と別れた翌朝男が武徳殿に行ってみると、一匹の狐が、前夜男が形見に贈った扇に顔を隠したまま、倒れていた、と申すのでございます。

じゃけど狸と申すのんは、外見の武骨さに似ず、狐よりもずんと、意気地なしの臆病者でございますけに、いくら姫君さまに惚れていても、それで死ぬのはやっぱり怖かったのですやろ。とりあえずお女中になり変って、姫君とともに閑所に入り、お下のお世話を申し上げることでせめてもの思いを晴らしていたのかいな、と思います。

御用所は御上段の後のお入側《いりがわ》にございまして、そこに姫君がお立ちになるのを、昨夜から当番のお女中の刈藻に化けた狸は胸を躍らせながら、いまかいまかと待っていたのでございますが、姫君さまはいつもの侍女やと思うておいでやから、少しいも遠慮なさりませぬ。いつものようにお目ざめになり、おすすぎをなされ、御仕舞処《おしまいどこ》で唐縮緬支那織の赤い帛紗《ふくさ》をはねた御鏡台にむかわれ、お髪《ぐし》を上げさせられながら、懸盤《かけばん》を中に、左右に黒蒔絵御紋附の三宝を据えて、お食事をなさります。そのあとすぐおうがいをなされ、お顔直しと申して、お小盥《だらい》で御洗面があって、白粉をおつけになる。お食事とお化粧の世話を申し上げた侍女が下ってから、姫君さまはつつしんで控えております阿波狸のほうをいつもの、中さばまあ高慢な顔つきでちら、と御覧遊ばしてから、すっ、とお立ちになったのでございます。もっともすべて女のかたは、手洗いに入られるときと出られるときは、何となく気取って、人を馬鹿にしたような顔つきをなされるもので、なにもそうお威張りになることもなかろうに、と私などは思うのでござりますが。

心ひろがり胸のときめくのを抑えながら、刈藻の阿波狸はひごろ石燈籠のかげから見ていたとおりに、黒塗御紋附のお湯桶お盥を捧げてまいり、まずお手洗いをさせさしあげます。御用所でも二度目のお手洗があり、その次の二畳には戸棚がござりまして、御下帯お足袋などが納めてあります。ここでお草履を召し、次の二畳が御用所でござりますが、ここは万年と申しまして御一生に一箇所しかなく、大変に深うなっておりますけに、汲みとることもござりません。下には鉄格子が張ってあり、いかに狸というてもよう忍びこめん作りじゃけに、練香の匂いのただようその二畳に、いま阿波狸は、長いこと恋いこがれていた姫君さまと、はじめて籠ることができたのでござります。感激よりも昂奮のほうが先に立ち、わななきながらうずくまり、半模様の御掻取の裾を、緋の紋縮緬の肌襦袢ごと持ちあげてさしあげます。腰を落しておかがみになる、と、ひとりでに、紋縮緬の真紅の雲を割って出た満月のように、まん丸い、白いお尻が、目の前に突き出されたのでござります。

卵をむいたようなそのお尻の、何とまあ可愛らしく、神々しいばかりに美しかったことでござりましょう。身分の高い、気性の烈しい、潔癖な十七歳の生娘のお尻は、やや小さめではござりますが、こう、ふっくらと丸っこうてな。もともとそれほどお色は白うないのに肌目こまかい肌のつややかさのために、すみずみのくびれや溝は琥珀いろに煙り、ぼうっと絖《ぬめ》っていて、まるで内側に光りをふくんでいるように明るく、照りかがやいて見えるのでござります。その清らかなお尻をもちあげ気味にして、おいきみ遊ばしているお可愛らしさと申したら……。あまりの愛《いと》しさ、お慕わしさに、刈藻、いや阿波狸は、姫君の御用がお済みになるやいなや、手にとった懐紙のことはすっかり忘れ、つい本性をあらわして長い舌をさしのべると、すみずみまできれいに嘗めとって、始末してさしあげたものでござります。

穢い、とおっしゃるのでござりますか。それは旦那さんが、いままでほんまに誰ぞを慕うた覚えがないよって、そう感じるのでござりましょう。心の底から、ほんまに好きになった相手の身体ならば、足の裏でも尻の穴でも、世のなかにこれ以上きれいなものはないはずでござります。体臭や、垢や、それ以上の匂いさえも、霊妙の珍味とも覚えてむしゃぶりつきとうなるはずでござります。そうならんのはまだ、惚れかたの足らんよってじゃけに、これほど姫君を慕うていた阿波狸が、玉をあざむくばかりのそのお尻の下に鼻面をつきこみ、無我夢中でしゃぶりながら、生娘の強い匂いやふしぎな味わいに、気の遠うなるほどの悦びを感じとった、としても奇妙ではござりませなんだ。それに刈藻の阿波狸は、先に申したように、ちゃんとした男として姫君にお近づき申すことがでけんのじゃけになあ。考えてみればいじらしいことでござります。

もちろん、御用所へのお供をつとめる侍女は刈藻だけではなく、お傍にはいつも出番の奥女中が二人ずつ詰めておるのじゃけれど、このお役目に阿波狸ほど一所懸命に、心をこめたものは他におりませいで、その真心がしぜん姫君にも通じたものか、それとも狭い二畳に二人きりでこもっております時が重なるにつれて、親しい気持がおのずとお湧きになったものか、ときには御会釈や、他の女中衆には掛けられぬ優しい言葉を賜わるようになったのでござります。いくらお気性が烈しいとは申せ、姫君はなんせ十七で、狸の本性からどことなくどっしりして、頼もしげに見える刈藻に、姉に対するような気持をお抱きになったのかもしれませぬ。侍女にとってかわって阿波狸がはじめて御用所にお供してから一年もたつと、姫君はすっかり刈藻になじまれ、

「以前のそなたは陰気で気に染まなんだが、ここ一年は人が変ったように、何とのう陽気に、面白げに見ゆる。妾《わらわ》が傍を離れずと居てくりゃれ」

　と仰せられ、内密の相談ごともまず刈藻に遊ばすようになったのでございます。面白げ、と申しても刈藻は決して月夜に腹つづみを打つときのように浮かれて御殿づとめをしていたわけではなく、御用所での奉仕もむろん悦びではございましたが、それも、（自分は人間ではないのだ。人間の男のふつうのやり方で女としての姫君をお悦ばせ申し上げることはかなわぬのだ）という悲しみに裏打ちされながら、しみじみと味わう、みじめな悦びにすぎなかったのに、はた眼には陽気にも面白げにも見えてしもうたのは、やはり狸という畜生の性格の、悲しい特徴なんかいな、と思います。

　じゃというて、姫君さまのもっとも親しく、打ちとけて下さる家来として、お仕えしたこの一年間が、阿波狸の一生でいちばん倖せな月日じゃったことは、言うまでもございません。間ものう、悲しいことが起った、と申しますのは、――男ぎらいで通してきた姫君が、はじめて、恋をなされる、ということがあったのでございます。

　よくあることで、何でも別式女たちを連れて遠乗りにでかけられた先で、御馬が暴

れだして姫君も危いことになったのを、たまたま来合わせた御家中の若侍が、馬を抑えてお救い申し上げたのじゃ、と言います。代りの馬に乗ると姫君は礼も言わず、後をも見ずに城に駆けて帰られたが、そのときから若侍の凜々しい姿が、御心に灼きついてよう離れずとなった、と申すのでござります。

それからというものは姫君は、いつもの活発な御ふるまいはどこへやら、ひねもす御部屋にとじこもって物思いに沈まれ、食も細りがちとなられます。ときたま大きな溜息をついては、刈藻に何ぞ相談したいそぶりも拝されるのでござります。わざと気づかぬようにあしろうてはいるものの、阿波狸の嫉ましさ、腹立たしさは申すまでもありませいで、（おれがこれほど精魂こめて、長いことお仕えしているというのに、姫君はたった一度会うただけの男に、心をお奪われになっている。そしておれはひねもす、いや御用所のなかで余人をまじえずにいるときさえも、そのしるしを絶えず見せつけられねばならぬのだ。これはおれには大変な拷問だ。世のなかは実に不公平だ。こんなことがあっていいものか）などと自問自答したあげく、乱暴にも恋仇のその武士をも、喰い殺す決心をしたのでござります。

その夜、刈藻は狸の姿にもどると、ひそかに御殿をぬけだし、奥女中たちの噂でかねて知っていた当の若侍の住居に、垣根の破れから潜りこんだのは、もうしらじら明けのころでございました。まもなく、稽古着に木刀をたずさえた若侍が雨戸を繰ってあらわれ、鋭い掛声をかけながら素振りをはじめます。ものの半刻もはげしく稽古をしてから、若侍は木刀を柿の木に立てかけ、狸のかくれている井戸端へ近づき、稽古着を脱ぎすてて素っ裸になると、釣瓶から汲み上げた水をざあざあと浴びて、汗を流しはじめたのでございます。霜柱の立つほどの寒い朝で、逞ましい体からはたちまち、白い湯気が立ちのぼります。今こそ飛びかかって、若侍の、肉の盛りあがった肩からくっきりとぬきんでた首筋に喰らいつき、喉笛を喰い破って血をすするときでございます。が、奇妙なことに阿波狸はうっとりと若侍の体に見惚れたまま、凍りついたように動けませなんだ。と、申すのんはそれほど、矢つぎ早に水を浴びている若者の身体は美しゅう、清潔な若さに満ちあふれていたからでございます。胸から下腹にかけての濃い叢は濡れそぼって肌に貼りつき、折からの朝日に水滴を金いろに光らせながら滴らせ、柔らかそうに十分にふくらみながらしかも筋張った筋肉は、ごくわずかの動作にも精緻に、機敏に、ぴりぴりと動き、朝のななめの光りにそれがすべて露わに見てとれ、全身からは絶えず強烈な精気と、運動のあとの若葉のような体臭が発散しておりまして……。じゃけど、阿波狸が、そのとき考えておりましたことは、もそっと奇妙でございました。阿波狸にとって何ものにもかえがたいほど美しい姫君が、裸でこの美しい若者に抱かれたなら、その光景はさぞ美しかろう。じっさい姫君には、この不格好な、畜生の自分よりも、この美しい若者のほうがはるかにふさわしいはずなのだ。自分はいままでのように、御用所での、舌による奉仕だけで満足し、それ以上のことは、この若者にゆだねたほうが、姫君ははるかに倖せになられるのではあるまいか。そしてそれは、自分にとっても、悲しいことながらやはり倖せなのではあるまいか。

この想像は、これも奇妙なことに阿波狸を、悲しみの混った、しかしはげしい昂奮に追いこみ、それ以来狸は、前の刈藻の姿に戻ったあとでも、この考えを頭から追い払うことができなくなったのでございます。

「恐れながら姫君さまの、お悩みの源を、妾は存じております」と、或る日刈藻は、姫君の傍に進んで、申し上げたものでございます。「差し出がましゅうございまするが、妾、その悩みを取り払わせて頂きとうございます。妾にお任せ下さりまするか」

姫君はたちまち赤うなられ、かすかに御うなずき遊ばすと、急いで扇で御顔を隠してしまわれましたが、嫉ましさとおん愛《いと》しさと苦しみと昂奮の混りあったそのときの、刈藻の気持は、はて、どう言うたらええぞいのう。とにかく刈藻は急いで御前を退ると、若侍の佗び住居に戻り、火急のお召しと称して御殿にお連れし、どうせ番人を化かすか何ぞいたしたのでござりましょう。御錠口からもう御寝《ぎょし》なされておいでた姫君の御寝間に連れこんだのでござります。恐れ入ってためらう若者をむりやり白綸子《りんず》の寝衣に着替えさせ、恥じろうて床に起きなおり、背をむけておられる姫君の傍に押し入れます。こうしたときも奥女中はお傍に侍って、お添寝をいたし、御用をつとめることがどこの家中でも習わしでござりますから、御裾のほうに坐って、じっと御様子を拝見いたしておりましても、姫君は下れとは仰せられませぬ。

遠慮はあり、恥ずかしゅうはあっても、そこは十七と、二十かそこらの若い者どうし手が触れ、足がふれて、やがて雪洞《ぼんぼり》のほのかな明りのなかに、うず高い衣《きぬ》がさやさやと鳴りはじめたのでござりますが、裾に手を仕えたままそれをじっと拝見している刈藻の顔つきこそ、実はもっと観ものじゃったかもしれませぬ。惨めさと悦び、苦痛と恍惚に引き裂かれ、大きくあえぎ、口をゆがめ、しかも目だけは爛々とかがやいて、ある一点を凝視しているのでござります。やがて汗に光る若い二人の体が離れると、刈藻はこうしたときの傍寝の侍女やお伽坊主の役目に忠実に、懐紙をもって御あと始末を——いいえ、なにせ狸でござりますから、御用所での習慣どおりに、長い鼻面をさしのべて舌で御世話を申し上げたのでござりますが、そのときの阿波狸の面つきと申しましたら、これも、そう、何と言うたらええぞいのう、としか申せませぬ。しかしこれなどはまだ序の口とか申すもので、姫君のつぎには若侍のほうの世話もせねばならず、仰向けに寝た若者の、濡れてくろぐろと光り、まだ逞しいままの体を、阿波狸はその長い舌でしゃぶりはじめたのでござりますが、ここまでくると狸の阿呆げた面つきにも、ようやく、惨めさに徹した者のみが味わえる喜悦、というような心持が、はっきりと現われて見えたのは、畜生の面だけにようけい珍妙ではござりましたが。

それから若侍は、刈藻の御添寝の夜は、毎夜のように忍んでまいります。その場に立ち合い、お世話申し上げるときの刈藻の気持もさることながら、御用所で拝する姫君のおん尻が、しだいに大きく、ふくよかに、いっそう白く、艶やかにおなり遊ばし、その女の部分さえいままでの処女らしさを失って、日に日に成熟した女のものとなってゆくのを、ただ拝見していねばならぬ辛さと申したら……阿波狸がいつか、人間と通じれば死なねばならぬ、という畜生の定めを忘れ、ただ一夜だけでも自分が、あの若侍になり代ることができたら、という気持を持ちはじめたとしても、これは当然でござりましょう。

おや、月もだいぶ傾いて参りましたな。話の先を急ぐといたしましょう。はい、結局阿波狸はいましめを破って、若侍に化けて、或る夜、姫君の寝所へ忍び入ったのでござります。若侍のほうは、どうせ狸のことでござりますけに、うまくたぶらかして、どこぞの森のなかにでも誘い入れて、木の洞《うろ》でも抱かせていたのでござりましょう。ところが姫君の御様子は、いつもとはちいとばかり、変っておいでなされました。御夜具のあいだから、しごきをいく筋も結びあわせて長い紐にしたものを出されると、「幸い刈藻は、今宵はどこぞに出たまま帰って参りませぬ。見つかって仕損ずれば一生の恥。刀を使わぬは武士の道に外れたるようなれど、かねての願いのとおり、二人がともに死ねるようにこの紐を使うて、さあさあ早う」

と、促されるのでござります。しばらく宿下りをしておりました刈藻の狸は存じませいでしたが、若侍と姫君の噂はこのごろ家中にしだいに高うなっており、露われて恥をさらしたり、生きながら割《さ》かれるよりはいっそ二人で死のうと相談のあげく、心中をすると決まったのが、実は今夜のことじゃったのでござります。阿波狸としてみれば迷惑ではござりますが、いまさら逃げるわけにもゆかず、姫君にせかれるままに鴨居をまたいで紐をかけ、両側のわさにめいめいの首を入れて、向きあって蒔絵黒塗に螺鈿《らでん》を摺った文箱の上に立つことになってしもうたのは、やはり、姫君とともに死ねるならば、こんどこそたしかに、あの若侍を出しぬくことになるのだ、という気持も、かすかにあったからでござりましょうか。しかし、そうした感慨にふける間もなく、姫君は合掌なされ、ひきしまった強い、恰好のよいおん足で文箱をお蹴り遊ばしました。鴨居をまたがせた紐が上にひかれ、首をつよく締められたとたん、阿波狸は術が破れて、若侍の姿からもとの狸に戻ったのでござります。そして、狸に戻ったからには、いくら甲羅を経た古狸とは申せ、姫君よりははるかに軽うござりまするので、たちまちきりきりと、天井高う釣りあげられ、哀れや息絶えてしもうたのでござります。いっぽう姫君は畳の上に足がついてしまい、気絶はなさりましたなれど、物音を聞いて駆けつけた別式女たちに助けられましてな。

阿波狸の死骸は、さっそく不浄門より取り捨てられましたなれど、姫君と若侍のためには、この騒ぎはかえって都合がようござりました。と申すのは、夜な夜な姫君の寝所へ通うていたのは、実は若侍に化けた狸であったとの評判が、すぐさま城下に拡がったのでござりますが、大殿さまや兄君の大守さまとしては、体面にかけても、娘や妹が狸に化かされていた、という噂は打ち消さねばなりませぬ。そいで、姫君に通うた男は、狸ではのうて、本当の若侍であった、ということを示すために、急に若侍を姫君の聟《むこ》殿に迎えることになり、賑やかに婚礼の儀を取りおこなわせられたのでござります。こうして八方はまるく収まりましたが、いちばん貧乏くじを引いたのは、狸でござりましょうな。いえ、ひたすら美しいものにお仕えすることだけに悦びを覚えていた狸の魂は、いまも自分が犠牲となって、姫君の男嫌いをお治しし、お倖せにしたことをかえって、喜んでいるのかもしれませぬ。その証拠に、阿波狸のお仕えした御殿のあった三の丸と申すのが、実はこの山なのでございますが、月のよい夜などにはいまだに腹つづみさえ聞えることもあるのでございます。腹つづみ、と申しましても、よく都会《ばしょ》の方が考えられますような賑やかなものではございませいで、ほんとうはぽと、ぽと、と、まことに哀れげな音色でございます。……それ、いまも聞えます。耳を澄ませてござりませ。

⁂

老人に言われて、わたくしは四阿《あずまや》の中で耳を澄ませた。しかし月光だけが遍《あまね》き山のなかは、芒を渡る風の音と、はるか下の岩に砕ける海の音が聞えるだけで、老人の言うような音は少しも耳に入らない。「わたくしには聞えません」というと、老人は眼を青びかりさせて、白髪あたまを振り、「眼をしっかり閉じ、心を澄ませてござりませ」というのである。言われたとおり、わたくしはきつく眼をとじ、風と海のひびきのあいだに何かを聞きとろうと耳を傾けた。するとふしぎなことに、はるか山の奥のほうから、何とも言いようのないほど寂しげな音が、

ぽと……ぽと、

ぽと……ぽと、

と、風に吹き消されながら、かすかに響いてきたのである。

「あ、聞えました。しかし、何という寂しい、心細い音でしょうね」とわたくしは思わず口走った。しかし相手はしんと口をつぐんでいて、ふしぎに思って眼をひらくと、老人の姿は眼前から拭われたように失せており、四阿のなかには海原すれすれに傾いた月のひかりが、耿々《こうこう》と射し入っているばかりであったが、やがてそれも消え、あたりは真の闇に呑まれた。

月と鮟《あん》鱇《こう》男

1

鮟鱇《あんこう》を賞味するのはもともと関東の習慣である。海の幸にめぐまれた関西では、これを下司《げす》な魚として軽蔑し、かわりにもっと美味しい河豚《ふぐ》を喰う。だから、大阪で育ち岐阜で暮している川本隆平《かわもとりゅうへい》が、四十三歳のこの年まで鮟鱇を知らなかったとしても、ふしぎはない。

それを初めて食べたのが、茨城県の東海村で行われる大規模な建設工事の、入札の下見のために現地へでかけてゆき、帰りに同業者たちと、水戸へ梅見に寄ったときのことである。ついでながら、隆平はある二流建築会社の、下請のまた下請として、人夫集めや、小口の請負工事をやっている。ときには、さらに下請の業者にまわして、工事費の上前をはねたりもする。

「さあ、せっかく水戸へ来たんじゃけえ、鮟鱇を喰うてゆかじゃあ。体が暖まるでえ」

と、ぞろぞろと偕楽園を出ながら、業者のひとりがオーヴァーの襟を立てて、筑波おろしを避けつつそう言ったので、何の気なしに隆平は聞いた。

「鮟鱇たら何や。私はまだ喰うたことがないんやけど」

「何や、知らんのかいな」と、あきれた声が言った。「喰い道楽のあんたにも似合わんやないか」

「鮟鱇はなあ」と、とつぜん冗談を思いついたらしい一人が、弾んだ声を出した。

「鮟鱇はなあ、早いこと言うたら、つまり、川本はんを魚にしたような奴や」

爆笑が湧いて、たちまち寒風に吹き去られたが、隆平にはまだ何のことか判らない。

「そう言や、そっくりやなあ。両方とも大喰らいやし」

「顔つきも似とるでえ。色は黒いし、体もぶよぶよに膨れとるからなあ」

自分の容姿を材料にした仲間の揶揄に、隆平は慣れている。背が低く、胴が長く、色黒の顔に異様に大きい口がついた自分の恰好の悪さを、若いうちは人並みに苦にしたこともあるが、いまではそれがかえって愛嬌となって商売の上でも有利に働くことがあるのを、うすうす計算していないこともない。じっさい、敏腕というわけでもなく、資本も多くは持たない彼が、その小さな工務店をこの年まで何とか維持して来られたのも、彼が取引先や同業者の誰ひとりからも憎まれなかった、という一事に多くを負うているのである。

商談の席に彼の間の抜けた顔が一つ加わると、どんなに緊張した座の雰囲気も、ひとりでにほぐれてしまう。のんびりした口調で、テンポの合わぬ口を利きはじめると、座にはしぜんに滑稽感がただよって、

「ま、そのあたりで手を打ちましょうや」

という気分になる。

そうした効用を何となく重宝がられて、彼は業者仲間や取引先との談合から、外されたことがない。たまたま居合せないと、座がなかなか浮き立たず、誰かがかならず、

「隆さん今夜はどうした。呼ぼうじゃねえか。あ奴がいねえとどうも気分が乗らねえ」

と言いだしてくれるのである。

いわば幇間《ほうかん》の役をつとめることで、仕事のおこぼれにあずかっているのだが、もちろん宴席で披露できるような芸をもっているわけではない。強いて特技をさがすとすれば、それは彼の天性の大喰いで、前の膳に出された料理は申すに及ばず、さいごまで居残って、他の客が食べのこしたものまできれいに片付けてしまう。酒も、ビールの飲み残しも、瓶や銚子やコップをぜんぶあつめて、少しも余さず胃の腑に注ぎこん

でしまう。

　といって彼が、これを芸のつもりでやっているわけではさらさらない。事実、彼はいつでも飢えているのである。彼が同棲している女は――といっても、はじめは事務員としてやとったのだが、帳簿や小切手帳を預けっぱなしにしているうちに、だんだんと我物顔にふるまいはじめ、隆平と肉のかかわりが生じてのちは、彼の小遣にまで口を出すようになったのである。その額は、彼の超人的な食欲を、外で、自分の好きなもので満たすには、いつも不足している。

「奥さんとこで食べてくるんだから、それで十分でしょ。それ以上、外で食べたいなんて贅沢だわ。だいいち、肥りすぎると寿命がちぢまるわよ。いまは瘦せてるのが流行なのよ」

　女から高飛車に言われると、なるほどそうか、とも思うのだが、自宅の食事と外食では収まる部分がまた別らしくて、いくら家で満腹しても、一歩外に出て、食べ物屋の軒先から流れてくるうまそうな匂いを嗅ぐと、また猛然たる食欲が湧いてくる。もちろん美食家というわけではなく、それが鰻の脂の焦げる香ばしい匂いや、中華料理のコック場から排気ファンで送り出される、大蒜《にんにく》と葱と肉と胡麻油の混じった香りや、トンカツ屋の油の沸騰する匂いでも、もうたまらない。

ふらふらと店先に吸いよせられて、ショウケースの中に、一粒一粒がぴかぴか光るほど白く炊きあげた飯の上に、脂ぎった鰻の大切れがたっぷりとのせられ、まわりの飯粒をタレでじんわりと染めているのを見ると、これを喰わないで通りすぎるというのが大変な苦痛に思えてきて、つい店に入ってしまうのである。

色とりどりの中華料理や、ぶあつい肉の上にまだ油が光っている黄金いろのみごとなトンカツでも、事情に変りはない。硬いボキボキした焼きソバの上の、どろりとした葛あんの舌ざわり、ソースが染み、油ぎったパン粉の皮と、舌を焼きそうな豚の脂身を、口中でくちゃくちゃ嚙みしめる喜びに、匹敵する快楽が人生にまたとあろうか。

もっとも宴席で、残肴《ざんこう》を食べてしまう動機は、これより少し複雑である。まだ立派に食べられる食品が膳に残っているのを見、これらの愛《いと》しい食べものたちが、女中の非情な手で空しく残飯桶に棄てられるのだと考えると、隆平はわけもなく、ひたすら悲しくなってしまうのである。そんなことなら、せめて自分の体におさめて、血とし、肉として同化し、愛しんでやろうと思う。血や肉にはならぬまでも、自分の歯で嚙みくだき、舌でこねまわし、唾液と混ぜ、胃で揉み、醱酵させ、腸で水分を吸収し、数日体内において排泄してやるだけでも、自分とその食べもののあいだに交わされる親しみは、申し分なく熱烈なものになるのに、と感ずるのである。

そして、首尾よく座に残っている、食べうるものという食べうるものを、すべてわが体内に収めた気分の、満ちたり、充足した快さはどうであろう。口中にはまだ食物の微妙な味わいが残り、胃袋や腸は触れうるほどに硬く膨脹し、重たい袋のようにずっしりした感覚を主張している。食べすぎて苦しくなり、起きあがることさえ叶わずに、涙と脂汗を浮かべてただ唸っているときにこそ、彼の心は征服の喜びに満ち、充実の感覚にこの上もなくやすらいでいるのである。

おくびにともなわれて口中に逆流してくる、苦く酸っぱい胃液のなかの、不消化な食物を舌で検《あらた》め、もういちどよく噛んで、さて嚥《の》み下すときの、所有の感じの確かさはどうであろう。外敵から完全に守られ、安心しきってうっとりとにれ噛む獣さながらの至福に、そうしたとき隆平はおのずと眼がうるんでくるのである。

残った酒を集めて片付けるのさえ、酔いたいからではない。体内に取りこみうるもの、という見地からすれば、酒と食物をことさら区別する理由もない。酔うことはむろん酔うが、その酔いでさえ彼の感覚は、腹いっぱい食べものをつめこんだときの陶酔感と、さほど厳密に別《わ》かって受けとめている、というわけではない。

取引先の建築会社の、大学を出た若手技師が、つくづくと彼の顔をみて、こう言ったことがある。

「人間の値打がねえ、もしその一生に消化管を通過させた食べ物の量で決まるのならねえ。川本さん、あんたは世界的な偉人だよ。豊臣秀吉や、ナポレオン級の大人物だよ。……うん、この値打の決め方は、生物学的には案外正しいかもしれんよ。すべての生物は、結局は他の生物より、少しでも多くの食べ物を体に詰めこむために、争ったり、殺し合いをしているのだからね」

残念なことに、この価値の決め方は、隆平の同業の仕事師仲間には通用しない。とはいえ、超人的な大食漢に対しては、人間の本能が一種の尊敬を抱くのも事実らしい。川本隆平の仲間たちから受ける待遇が、その滑稽な容姿や仕事の上の無能力にもかかわらず、軽蔑しきった嘲弄にまでは落ちてゆかず、親愛感をこめた揶揄のていどに辛うじて止《とど》まっているのは、おそらくこの理由からである——。

2

「あんこう料理」と染めぬいた暖簾をはね、ガラス戸を引きあけると、冷えきって感じの鈍くなった顔を、あたたかい湯気がむっと包んだ。熱気は玄関のすぐ右手の、調理場から立ちのぼっているのである。天井の鉤から、黒い、ぬらぬら光る、長さ三尺はあるでっぷり肥った魚が、顎をひっかけられ、巨大な口をひらいて、だらしなくぶらさがっているのが、小窓ごしに見える。

「どうだす。よう似ておまっしゃろ」

と、同業者がげらげら笑って背中をどやしつけたが、隆平は調理の光景に心を奪われていて、

「そや……そやでんな」

と上の空で答えただけであった。目前に垂れさがったグロテスクな、ぶよぶよした肉塊は、それほど強烈に、彼の関心をひきつける何かを、たしかに持っていたのである。

「鮟鱇ってえのはぐにゃぐにゃしていて切りにくいからね。こうして吊して、柄杓で口から水を入れて重くしといて、さばくんですわ」

と、隆平の興味を見てとったらしく、胡麻塩頭の体格の良い板前が、てきぱきした口調で言いながら、庖丁を魚の白い喉首にあてた。前後させながらまっすぐに切り下ろす。すると裂け目から、白い巨大な袋があふれ出て、自分の重みに耐えかねて下の流しに落ちた。この胃袋と、その上にかぶさって出てきた肝臓を引きずりだすと、鮟鱇の巨大な体はまったくのがらんどうになってしまった。

信玄袋のようなその胃に、水道の水をかけながら庖丁を入れる。鰈《かれい》が五、六匹、つづけさまに出てくる。海鼠《なまこ》が出る。雲丹《うに》が、その鋭い紫いろの棘もなかば溶けてあらわれる。長さ一尺ほどの、やはり鮟鱇が二匹出てくる。その一匹は胃のなかに呑まれながらも、体相応の大きさの口に、掌ほどの比良魚《ひらめ》をやはり呑みかけているのである。烏賊《いか》が出る。魴鮄《ほうぼう》が出る。たちまちのうちに、大きなバットに一杯になってしまった。

「鮟鱇は安いもんだけどね。割いてみて、胃のなかから鯛の二匹も出りゃ、漁師は大喜びですわ。ここにこう、ピラピラした紐がついてるでしょう」

と、もともとお喋り好きらしい板前は、口をあんぐり開いて聞き入っている聴き手の熱心さに気を良くしたらしく、鮟鱇の頭についている短い紐をつまんで示しながら、しだいに慣れ慣れしい調子になって、説明してくれるのである。

「こいつを提灯というんだがね。鮟鱇は海底の砂に体をうずめて、提灯をピラピラ動かす。他の魚が餌だと思ってつつきにくるところを、この大きな口でぱっくり呑む、という寸法ですわ。口は大きいし、体にあばら骨はねえから、胃袋はいくらでも伸びる。いくらでも詰めこめる。寝てて腹いっぱい喰えるんだから、こんなうめえ話はないやね。……そいでも、ひっかかってくる魚がねえと、浮かびあがって餌をさがす。胃を開いてみると、ときどき鷗《かもめ》なんか出てくっから、きっと水に浮いている奴を下からぱっくりやるんでしょうな。いちどなんか、でかい信天翁《あほうどり》を呑みかけちまって、沈むに沈めねえでいるところを、漁師につかまった、ってえ、馬鹿みてえな話もある」

「おい、先に行くでえ」

と仲間がうながしたが、隆平はそこに根が生えたように動かなかった。月の射し入る海底の砂に身を横たえ、口を大きくひらき、提灯だけを振りながら、寄ってくる魚を片っぱしから、丸ごと胃につめこむ。たとえ仲間でも容赦はしない。喰うにつれて胃袋も体もいくらでも伸び、ついにあたりの可食的なすべてのものを喰いつくしてから、あとはゆっくりと、まどろみつつ消化の喜びに耽るのだ。波はなめらかに背を洗い、腹は降りつもった雪のような海底の柔らかい堆積物にうずもれ、喰われた同類がひとしきり、空しく胃のなかで暴れまわったのち、しだいに静かになり、やがて溶けはじめる感触は、なんと快適なことだろう。……もちろん、ふらふらと浮上して、官能的な下腹を見せて泳いでいる水鳥を、地獄のような口中に有無を言わさず呑みこむのも、また楽しいにちがいない。

「これを七つ道具、といってね」と、板前は色とりどりの内臓を俎に取りわけて、洗いながら言った。「トモ、ヌノ、キモ、水袋、鰓《えら》、やなぎ肉、皮……みんな茹でて、肝臓をまぜた焼味噌で食べるんだが、肉よりうまい、というお客さんもいるからね」

黄いろい卵巣を見て、ふと思いついて隆平は聞いた。

「この鮟鱇、雌《めん》でっか？」

「雌です。大きいのは大てい雌だね。この、喰われている小《ち》っこいのは、雄だ。提灯鮟鱇なんかでは雄は小指の先ぐらいしかなくて、雌のあそこに吸いついて、雌の血で養ってもらっていらあ。それですることと言やあ、あれだけだからね。楽でいいかもしんねえな。もっとも、ひとつ間違うと、こいつみてえに雌に喰われっちまうけど」

（わいも、鮟鱇に生まれたかった）と、隆平はふと、生唾を呑んで考えた。（いや、ひょっとしたら、わいの前世は鮟鱇やったと違うんやろか。それが何か、海の底でまちごうて善根を積んでしもうて、人間に生まれてしもうたんや。わいが人間に生まれたんは、きっと何かのまちがいや。……ほんまに、女の下腹にいつも喰らいついていて、腹いっぱい喰わしてもろうて、好きなときにあれがでけるなんぞ、羨ましいみたいなもんや。ときには女子《おなご》の小便や何ぞをひっかけられるかもしれんけど、好いた女子のなら、かえって楽しいかも知れんわ。いや、待てよ）

ふいに、或ることを思いついて、隆平は昂奮に膝がわななくのを感じた。同棲している女事務員が、さいきんしきりに、彼に或る申し出をしている。このところ、妙な事情で事務所が赤字になっている。その赤字を、隆平が別会社をつくってそっくり引受け、彼女はいままで通り事務所をやって利益をあげる。そのかわり隆平は、いっさい働かなくとも小遣に不自由はさせず、家族への送金も絶やさない、というのである。あまり虫が良すぎるので、始めは考えもせずに断わったのだが、もし女の言うままになってみても、案外に楽しいのではないか、という気が、ふと湧いたのである。

（とにかく、慶子《けいこ》の言う通りにすりゃあ、わいは何も働かんで、腹いっぱい喰うていられるわけや。二人の関係はいままで通りや言うから、慶子を抱きたいときはいつでも抱ける。これはきっと、雌鮟鱇のあそこに吸いついた雄の鮟鱇より、気楽かも知れんで。……もっとも、慶子いうのは、なかなか油断ならん女や。下手をすると、雌から離れた雄鮟鱇と同じに、慶子から丸呑みにされて、喰われてしまうかも知れへんけど、それはこちらが慶子から、ぜったい離れんように気いつけとけばええわけや。それに、もし……）

女事務員の痩せぎすな、美しい体つきと、雌虎のようなその眼の強い光を思いうかべて、隆平はうっとりしながら考えた。（もし、お慶に喰い殺されても、それもそれで、楽しいんとちがうやろか。お慶からオシッコひっかけられたとしても、ちいとも穢のうは思われへんやろと同じいに。……いや、ビールみたいにごくごく飲んだら、ほんまに美味しいかも知れへんで）

快い夢想にふけっているうちに、がらんどうの鮟鱇は提灯をはねられ、鰭《ひれ》を切られ、服をすっぽり脱がせるようにべろべろの皮をはがされ、背中と顎にわずかについた肉をこそがれて、たちまちみじめな、背骨と顎骨だけの姿に変りはてた。その肉をバットに入れて、調理場の隅で湯気を噴きあげている大釜に投げこむ。真白に茹であがったときは、肉はもとの三分の一ぐらいに、縮みあがっているのである。

3

事務員として使っているうちに彼と体のかかわりができた慶子は、もともと隆平の出した新聞広告を見て、アルバイトにやってきた女子学生である。浅黒い肌には白粉《おしろい》っ気ひとつなく、引きしまった体つきの、利口そうな美人で、隆平の借りているみすぼらしい事務所にはむしろ釣合わなかった。不釣合といえばその事務所の二つしかない机に、隆平と慶子が向きあって腰掛けている様こそ珍妙で、ほっそりした、よくしなう指で彼女がてきぱきと算盤を入れたり、帳簿を繰ったりしているのを、隆平が口をあけ、頬杖をつき、鼻毛を抜きながら感心して眺めている図は、たちまち土建屋仲間の話題になった。

高校を優秀な成績で出て、いまは国立の大学に通っているというだけあって、慶子は仕事はまことによくできて、隆平はすぐに教えることがなくなってしまった。取引先の建築会社の、大学出の若い社員との応対などは、彼よりむしろ慶子のほうが、要領がよく、抜け目がない。低い、爽やかな、歯切れのいい口調で交渉をすすめている慶子と客に、手持ぶさたなままに隆平が茶を入れて出すこともあり、傍目にはどちらが社長でどちらが社員か判らない有様である。

いくら慶子に感嘆しているとはいえ、隆平が彼女に、異性としての野心を持っていたわけではない。荒っぽい土建屋が相手にしつけているのは、白粉を塗りたくった水商売の女がほとんどで、しぜん隆平もそうした女に慣れていたため、まったく人種の違うような慶子は、相手として考えられなかったのである。彼女たちにくらべれば慶子は清潔すぎる。すらりと伸びた硬い脚の線など、神々しく思える瞬間すらある。いつもぴったりくっついている恰好の良い膝頭など、机ごしに一日眺めていても飽きないが、その奥にふつうの女のもっているグロテスクなものが、おなじように備わっているなどとは、どんなに考えても想像できないのである。

その秋、隆平は有馬温泉で行われた業者の懇親会に、慶子を連れていった。慶子の方から望んでついてきたのである。例によって宴席に残ったものをぜんぶ平らげ、酒やビールをまとめて胃に流しこんでいるうちに、とつぜん酔いを発して、その場に眠りこんでしまった。

目がさめると、布団に寝かされている。枕もとには慶子が浴衣にどてらを羽織って坐っていて、テレビを見ている。他の連中は、連れ立ってストリップ・ショウを見に行ったという。

「水ほしい」

というと、手をのべて枕もとの水さしからコップに注いでくれた。仰向いていては飲みにくいので、体をひねって起きあがる。身をのりだしていた慶子の、そこだけは結構ゆたかな胸に、顔をつっこむ形になった。

慶子にひごろ畏敬にちかい気持を抱いていたために、いつもならそんなことは考えもしなかったのに、しぜんに男と女の行動に移ってしまったのは、やはり酔いが残っていたためであろう。しかし積極的だったのはむしろ慶子のほうで、はっきりと処女だったことがあとになって判ったにもかかわらず、布団に倒れながら手に持ったコップを、水をこぼさぬよう注意して畳に置くだけの落ちつきを残していたのである。

その最中も、慶子は興味津々、という感じであった。いかにも当今の女子学生にふさわしく、慶子は男に犯された、という被害者意識も、処女を捧げた、という感傷も二つながら持ち合わせていないらしかった。岐阜へ帰ってからも、当然のような顔をして連れ込みホテルへついてきて、体を触れ合わせては、

「ふうん、こんなものなのね」

とか、

「なるほど、そんなわけなのか」

などと、ひとりで納得しているのである。どうやら彼女にとって、男なら誰でもよかったので、自分も実験動物として取りあつかわれたにすぎないことを、さすがの隆平もうすうす気づきはじめた。しかも、彼女にとって自分が好奇心と性欲の相手にしかすぎず、精神的には少しも自分のものになっていはしないのだ、と考えることによって、慶子がいっそう美しく、魅力にみちて感じられはじめたのは奇妙であった。

（それはあたりまえや。あんな若い、きれいな、利口な女子《おなご》にとって、わてのようにぶくぶく肥えた、大喰らいの、学校も出とらん、金もようけ持っとらん中年男は、何の魅力もないのがあたりまえなんや。そやけど、かえってよかったわ。もしお慶に、わてのようなけったいな相手に惚れてもろうたら、お慶の値打は下がってしまうよってな。お慶の、体のわるさの相手をつとめさせてもろうとるだけでも、わてには勿体ないほどや……）

しかし、酔っていない眼で見た慶子の肉体は、まことに美しかった。子供を三人も生んで均整の崩れた妻の肉体や、足の短い、肉のだぶついた水商売の女しか知らなかった隆平に、ベッドに横たわった慶子のすらりとして硬い、彫刻的な体つきは、琥珀いろにぼうっと絖《ぬめ》った肌の艶と相まって、後光がさすように感じられた。「西洋の女そっくりや」と言いながら、隆平は感きわまって、慶子の形のいい、甲高の足を頭上にのせ、合掌したりしたが、じっさいこうでもして嘆賞するほかに、隆平は彼女に対する感動を表わす方法がみつからなかったのである。

この美の極致のなかに、美しくない自分が侵入するのが、恐るべき冒瀆のように感じられることさえあった。じっさい、ありふれた男女の行為をいくら反覆しても、慶子の場合は、それだけでは彼女の美をすべて自分の五官でたしかめ得た、という満足感にはつながらず、まだまだきわめつくしていない、という、あきたりぬ思いだけが残るのであった。この感覚は、すばらしい御馳走を出されて、いくら喰っても満腹しない、飢渇の感じに、ふしぎに似ていた。

じっさいに御馳走を前にしたように、隆平は慶子と裸でいるあいだは絶え間なく、犬のように鼻を鳴らしてその体臭を嗅ぎとり、その体の、部分によって微妙にちがう体温を皮膚に感じわけ、肌のなめらかな手ざわりや、柔毛《にこげ》や硬い毛が頬を微妙にくすぐる感触を味わい、さいごに髪の毛から足の爪先まで、舌と口でていねいにしゃぶりつくすのであった。好きな女の体が、味わってもこんなに美味しいものだということを、隆平は慶子によってはじめて知らされたのである。

　髪の、噛んでも噛んでも噛みくだけないばさばさした荒い歯ざわりと、陽なたくさい匂い、襟足の小さな骨が突起しているあたりに口をつけて、背筋の深い溝を立ちのぼってくる暖かい体臭を心ゆくまで吸いこむ楽しみ、ふっくらとした顎の下あたりの汗の味わい、それから、背筋に添って下っていって……可愛らしい足指の、かすかにパンプスの革の匂いが残る、酸っぱい味わいにいたるまで、慶子の味覚の多様さは、デザートからコーヒーにいたる、或いは向《む こ》う付《づけ》からさいごの番茶にいたる、よく吟味されたフルコースの御馳走を食べおえたような、変化と調和に満ちているのである。

　ただひとつ劣った点は、慶子の体は食物とちがって、いくら味わっても、満腹感を、あの苦しいばかりの充実した喜びを、与えてくれない、ということであった。慶子の味覚はただ体の表面の喜びにとどまり、胃の、腸の喜びではなかった。慶子といくら会っていてもつのるばかりの、隆平のあきたりぬ思い、激しい飢渇の感情は、ここから生じているのかもしれなかった。

（食うてしまいたいほど好きや）と思っても、もちろん慶子を、実際に食べるわけにはゆかない。そういった意味での生唾の湧くような具体的な食欲とは、また隆平の飢渇感は微妙に異なるのである。

　慶子のいちばん美味しく、味わいも濃厚で複雑な、いわばメイン・ディッシュともいうべき部分に、ぬるく燗をつけた酒を満たして啜《すす》ってみたことがある。しかし酒は慶子の匂いをつけられているとはいえ、やはり彼女とは系統の異なる味わいで、隆平は興醒めしたにとどまった。ある考えが、天啓のようにひらめいたのは、その瞬間のことである。

（……お慶のあれを、ビールのようにごくごくと、お腹大きなって苦しいほどに飲んだら、わては初めて満足するんやないやろか。お慶を十分にわての体の中に入れた、という感じがするんやないやろか）

　と、のちに水戸で吊し切りにされている鮟鱇を見たときも考えた思いつきが、このときはじめて頭に浮かんだのである。

「馬鹿ね」と、恐るおそるその頼みを持ちだしたのだが、一蹴されてしまった。「穢ないわよ。つまらないことを考えないで、もっと仕事を一所懸命するの。このごろ事務所は赤字つづきじゃないの」

　たしかにそうだった。慶子が来てから仕事はふえ、建てつけの悪いガラス戸から隙間風の吹きこむ事務所にも活気が出てきたが、どうしたものか金が残らないのである。二人で同棲する部屋を借り、慶子の主張で、机や椅子や、中身の出ていたソファを取りかえ、新しく石油ストーヴを入れたりはしたが、それだけでこんなに金のかかるわけはない。

一方、仔細に見ると、慶子の身なりはこのところ、目立ってよくなっている。仏蘭西《フランス》のファッション雑誌を見てつくる硬い感じの贅沢なスーツが、膝から下の長い、尻の上った体によく似合って、惚れ惚れするほどである。ほっそりした指には、本人は「イミテーションよ」といってはいるものの、輝きや台の細工はどうも本物としか思えない宝石が光っている。そうした観察と、慶子が会計の一切を司っていることと、事務所の赤字をつなぎあわせて、或る想像に到達することはかんたんだが、下手に咎め立てして慶子に辞められたら、と思うと怖いのである。

しかも、彼女は事務所を赤字にして、自分を飾ることを、合法的にやっているふしもある。体の関係ができた暮れに、慶子は、

「あたし、ボーナス、適当にもらっとくわね」

といい、新年早々には、

「あたし、今年から昇給したことにしといたわよ」

と一応はことわったが、いくらボーナスを取り、いくら昇給したのかは、いっさい教えてくれないのである。

いちばん困るのは、そうして彼女がみるみる美しくなってゆくことに、隆平がはっきりと喜びを覚えていることである。(慶子が美しくなるためなら、こんな事務所の一つや二つ、つぶれてしもてもええやないか)と、心の片隅で、関西商人にはおよそ似合わぬ考えを、つい持ってしまうことである。いや、極端なことを言うならば、自分と、自分の事務所が彼女の美しさの餌になって、しだいに喰いつぶされてゆくのが、心楽しく感じられる瞬間さえある。慶子の、残酷な感じがするほどに強く光る、よく張った眼に、からかうようなわずかな笑みを浮かべて見つめられると、彼女に対抗して自分を保ちつづけようとする気力も失せてしまい、ひたすら彼女の言うままになって、自分の運命をその美しい手に委ねるのが、快く思えてくるのである。——いまでは隆平は、妻子に送る生活費のほかには、小遣まで制限されて、いちいち慶子の手から貰うようになっている。

事務所を再建するために、別会社をつくって、隆平が赤字をひきうけることにしたら、という案を、慶子が出してきたのは、そうしたいきさつのあとである。その美しい眼でじっとみつめながら、慶子はさりげなく、そう言いだしたのであった。

4

水戸から帰ってきた隆平が、まだ決心をつけかねてあいまいな返事をしているうちに、慶子はさっさと近所の菓子屋の二階を借りて、新しい事務所の看板をそこに掲げ、彼がそこで寝起きできるようにしてしまった。承諾の条件として、隆平は遅ればせながら、頭にこびりついて離れない、(ビールのようにごくごく飲む)要求をもういちど持ち出してみたのだが、せせら笑ってはねつけられただけに終った。

そして、いままでの事務所の、隆平が坐っていた椅子には、頬に傷あとのある、色の浅黒い、精悍な若い男が坐っている。隆平がまったく知らぬ顔ではなく、彼が下請に渡した手形が落せなかったときに、下請業者からさしむけられて、脅しに来た相手である。「セイガクの森」といって、学生くずれの前科者らしく、そのときは慶子がうまく応対して帰したのだが、以後、隆平の知らぬ場所で、二人の交際がはじまっていたらしかった。

抗議しようにも、慶子に任せきりにしていた帳簿面では、隆平の権利はすべて債務のカタとして新会社に継承されたことになっている。肩代りさせられた債務は払えっこはないから、隆平はまもなく破産宣告を受けて、あとは慶子がくれる小遣をあてにして、雌の下腹にくっついた雄鮟鱇のように暮すことになるはずである。いまのところその小遣もくれるし、妻子への送金もたやさないし、おずおずとホテルへ誘ってみると二回にいちどは応じ、彼の愛撫に、以前よりさらに烈しい応えかたもしてくれるから、約束は守られたというべきだったが、ただひとつ、あの学生くずれの前科者のことが気になる。

そのあと隆平がしたことは、こうした場合に大ていの男がしそうな行動のうちで、もっとも愚かしい振舞いである。いやがられるのを承知で二人をつけまわす。学生くずれの森から、夜、柳津《やないづ》の長良堤に呼び出されて「おめえ一人ぐらい消すのはわけはねえや」とおどかされても止められない。ホテルに二人が入ったのを見定め、ゴミ箱のかげで見張っていて、翌朝出てきたところにふらふらあらわれる。もっとも、いざ顔を合わせると、何もいえずにこそこそ退散しただけだったが、慶子には大変な厭がらせのように取れたらしく、以後、彼の誘いにはまったく応じなくなってしまった。

隆平がもとの自分の事務所に顔を出すと、二人は露骨に厭な表情で顔を見合わせる。ますます嫌われるだけだ、とは判っているのだが、慶子の顔を見ないと苦しくて、我慢ができないのである。とうとう、隆平は宣告された。

「お小遣あげてるのは、こちらの事務所とは完全に縁を切るという約束だったんだから、また来たりすると、もうあげないわよ。いままでみたいにお腹いっぱい食べられなくなるわよ。それでもいいの？」

そのつぎに行ったときは、森から三つほど殴られて蹴り出された。小遣も貰えなくなった。止むを得ず、妻子のところに戻って飯は喰うことにしたが、妻の手内職のほそぼそとした稼ぎで用意する食べ物は、あまりにも脂っ気がなさすぎ、一人で家族のぶんを平げても満足できない。

夜、市内の食堂街の裏通りを通っていて、調理場から漂ってくるうまそうな匂いに、どうしても我慢できなくなったことがあった。ふと見ると裏口にドラム罐《かん》がおいてあり、客の食べ残しがうずたかく入っている。まわりを見まわして隆平は手をつっこみ、飯やスープや肉片やパンのかたまりを、そっと口に入れた。久しぶりに脂ぎった、洋食の味が喉を通ると、隆平はもう前後を忘れた。ろくろく嚙みもせず、両手をつかって口に詰めこみ……久しぶりに苦しいほどの満腹感を得て、おくびを嚙み殺し、満足のあまり涙さえ浮かべて足早に立ち去ったときは、ドラム罐の残飯はあらかたなくなっていた。

腹がくちくなると、慶子に対するもう一つの飢渇のほうが、あらためて強く感じられてくるのであった。乞食のように残飯まで喰えた、ということが、捨鉢な勇気を揮わせることになって、或る日、隆平は二人の留守を見計らい、事務所に忍び入り、番号の合わせ方を知っている金庫から、印鑑と貯金通帳を持ち出したのである。その金を費《つか》おう、と思ったわけではなく、こうすれば慶子のほうから、これを取り戻すために接触してくるにちがいない、と感じたのだ。

はたしてその夜、彼が一人で住んでいる菓子屋の二階に、きちんとしたスーツ姿で慶子があらわれた。さぞ怒っているだろうと思ったのに、目をキラキラさせて笑っている。これからは元のように交際するし、小遣も出すから、取っていったものを返してほしい。仲直りのしるしに今夜は御馳走をする、というのである。慶子のこの笑い方が、腹に企みを持っているときの表情であることを、隆平は知っていたが、慶子の申し出た条件も魅力的であった。

彼の昔の事務所は、ガラス戸をしめ、カーテンをおろし、机の上にはすでに、仕出し屋からとったらしい刺身や吸物や鰻丼、トンカツと薄っぺらなビフテキ、八宝菜や酢豚やチャーハンにいたるまで、ごたごたと並べられ、螢光燈の光に麗々しく輝いているのである。彼の好みを完全に心得た、この安っぽい、雑然たる、しかし豊饒をきわめた献立を見たとたん、隆平は感動のあまり震えが、一しきり全身を走るのを感じた。

「さ、どうぞ。ビールかしら。お酒かしら」

優しく言いながら、慶子が銚子をとりあげる。（用心せにゃあかんで。罠があるかもしれんで）と自分に言いきかせ、一方では（でもまあ、喰うもの喰うたかて、どうということあらへんやろ。用心するのはそのあとや）と自分を納得させながら、隆平の箸は抗《あらが》いがたい力で食べ物の方へ引きつけられてゆくのであった。

三杯目のビールは、少し苦さが強かった。刺身を平げ、鰻丼を食べ、酢豚をあらかた喰い、チャーハンに箸をつけ、脂の冷え固まったビフテキにさしかかったところで、急速な眠りが彼をひきこんだ。

——硬いもので、頭を殴られつづけている感覚で、ぼんやりと意識がもどってきた。頭をかばおうとするが、腕が動かない。よく見ると両手首が胸のまえで縛りあわされていて、体も海老のように曲げられている。脇腹の下にはタイヤと、鉄の棒があり、狭い鉄の箱のなかで体ぜんたいが激しくゆすりあげられて、四方にぶっつかっているのである。

手首のロープの結び目に、隆平は本能的に歯を立てた。首を振って、引っぱったり、ゆるめたりしながらほどいてゆく。自分の入っているのが自動車のトランクの中で、その自動車はかなりスピードを出して走っているらしい、ということが、おぼろげに判った。

　手が自由になる。その手をのばして、こんどは足首のロープをほどく。枕にしていたツール・ボックスをあけると、モンキー・レンチが手にふれたので、それをトランクの蓋と車体の隙間につっこんで梃子《てこ》にし、腰で抑えて持ちあげた。鍵はあっけなく外れ、トランクが上にはねあがった。

　夜である。街燈と道路がつぎつぎとくりだされて、後ろに飛びすさってゆく。どうやら車は中仙道の、境川の放水路を渡ったあたりを走っているらしい。そのとき運転者が、蓋のあいたのに気づいたらしく、自動車は急停車した。はずみで隆平はトランクの前部に、いやというほど体をぶっつけた。

　誰かが降りてきて、懐中電燈で彼を照らしだす。蛙のように手足をつっぱって、隆平はトランクからころげ落ちた。立っているのは森である。もう一人、彼も顔見知りの、森の子分のチンピラが、後ろに隠れるように立っている。

「川本さん」と、おろおろしながら森が言いだした。「これには深いわけのあるんや。とにかく、車に乗ってくれんか」

「いやや」と隆平は首を振ってあとじさりした。危うく殺されかけたのだ、ということが、はじめてはっきり判ってきたのである。しかしこのあたりには、まばらではあるが人家もある。車も通っている。ここを動かないで、いざとなれば大声を出せば、誰かが助けにきてくれるだろう。

「ちょっと、あたしが話すわ」

と、背後から慶子の落ちついた声がしたので、隆平はおどろきのあまり膝を落しかけた。しかし考えてみれば、企みに慶子が加わっているのは、あたりまえのことだった。

「あなたと二人きりでお話ししたいことがあるの。ちょっと来て」

先に立って慶子は道路を外れ、家と家とのあいだの真暗な小道に入っていった。小道の突き当りは畑になっている。男二人は道路で待っているらしいが、家にさえぎられて、ここからは見えない。

「あなたが約束を守らないで、駄々ばかりこねるから、少しおどかしてあげようと思ったのよ。それだけのことよ。機嫌を直して、ね、お願い。そして誰にも黙ってて」

ぼんやりした頭で、隆平は考えた。彼女たちの弁解は嘘にきまっていた。このまま許してやるのは業腹だ。警察に訴えても仕方ないが、なにか彼女にさせてやれる償いはないか。「お慶のを」と、しつこく気持にひっかかっていた思いつきを、いまふいに思い出して、隆平は言った。「ごくごくと飲ませてくれたら……黙ってやってもええわ」

「そう」と、慶子は息を呑むようにして黙った。暗さの中でその眼が猛獣のように輝いた。

「いいわ」ふいに覚悟を決めたように言った。「でも、こちらも条件がある。手でさわられたりすると厭だから、さっきみたいに縛られてちょうだい。そしたら、飲ませたげる」

こんどは隆平が黙った。いざどこかに連れ去られそうになったら、大声で叫べばいいのだから、縛られても危険はないのではあるまいか。しかもこの美しい、精悍な女に、手ずから縛り上げられる想像には、ふしぎに鮮烈な刺激も感じられるのである。

「ええわい」と、隆平は言った。

慶子は身軽に車に戻り、すぐ駆けてきた。手にはさっきまで彼をしばっていたロープを持っている。彼に体をぶっつけて、畑の上に押し倒すようにしながら、

「さ、おとなしく縛られましょうね。いい子だから」

といった。

「うん」

と、隆平は柔らかい土の上に仰向けになりながら、おとなしく答えた。何となく、罰を受けて母親に縛られた子供のときのような気持になっていたのである。

慶子の縛り方はやたらに力を入れて痛かったが、要領は悪く、その気になれば簡単にほどけそうに思えた。が、どうやら縛りおえると慶子は、スーツのポケットから小さな錠剤をとりだした。

「変なもの飲んで病気になるといけないから、お薬飲んどこうね。そら、あーんして」

そんな薬だとは思えなかった。おそらく催眠剤だろうか、それならば飲んだふりをして口のなかにとどめておけばいい。もし口に入れただけでも危ない、即効性の劇毒ならば……。

「口うつしにくれんと、いやや」

ためらわずに慶子は、錠剤を口に投げこみ、顔を近づけてくる。なまぬるい接触感があり、ぬるぬるした唾液といっしょに、隆平は数錠の錠剤を口にふくませられた。

パンティを手ばやく脱ぎ、慶子は彼をまたいで立つ。スカートで顔をおおわれ、暗くて何も見えないが、暖かい体温と、しばらく遠ざかっていたなつかしい匂いが、すっと近づいてくる。いまこそ彼は慶子に満腹し、あきたりぬ思いを満たすことができるにちがいない。雌の下腹にくっついて生きている雄鮟鱇の悦びにひたることができるにちがいない。

慶子がかすかに力を入れている感じが、はっきり判った。一瞬のうちに彼を打つに違いない熱い滝を心ゆくまで飲みこむために、隆平はそれこそ鮟鱇のように、口を大きく開いた。あまりの緊張と、昂奮と、快楽の期待に、何を飲んでも薬だけは口中にとどめておく用心を、つい忘れた。

――ふたたび意識が遠ざかり、がんじがらめにしばり直された隆平を、男たちが手とり足とりひきずりだす。海の音が聞え、下は堤防の荒いコンクリートである。月の光にあたりは昼のように明るく、袋ごと固まったセメントのかたまりを針金で体にしばりつけられていることは判るのだが、抵抗しようにも体が利かない。薬の効果と同時に、慶子をはじめて彼の喉で、胃で、満腹するまで味わった、という幸福な充実感も彼を酔わせていて、抵抗する気力がどうしても湧かないのである。

「おい、川本さん、小便でもするか」

森の声といっしょに強い力が背に加わり、隆平の体は宙に浮いた。ほとんどしぶきも立てずに海に落ち、コンクリートの重みにひかれて、そのままぐんぐん沈んでゆく。わずかな苦しみのあと、ふっと楽になった。おずおずと目をひらいて、隆平は自分がいつか、月光で異様に明るい海底で、半ば砂に埋もれながら、ゆるやかに触手を動かしつづける、巨大な、満腹した、幸福な鮟鱇に変身しているのを知った……。

海《うみ》亀《がめ》祭《まつり》の夜

1

グロテスクなその姿に似ず、海亀《うみがめ》はきっと繊細な心を持っているのにちがいない。卵をぎっしり胎んではるばる故郷の砂浜にたどりついた彼女らが、上陸して産卵するのは深夜にかぎられ、それも波の荒い月の暗い、浜に人気のない夜が多い。

人眼を恥じての、その秘かな営みがことにしばしばおこなわれる、ここ徳島県H海岸の松林のなかに建てられたホテルでは、廊下の各階ごとに、つぎのような貼紙が眼についた。

「ウミガメの上陸は、看視員が徹夜で見張っておりますが、産卵をはじめましたら電話で各室にお知らせしますので、そのときまで安心しておやすみ下さい。なお懐中電燈は、フロントでお貸しいたします。

お客様各位

支配人敬白」

フロントにはやや皺ばんだ柔らかそうなピンポン玉が数十箇、ガラス筒に満たしたフォルマリンに浸《つ》けてある。これが、ホテル前の砂浜に産みつけられた卵である。卵のあいだに数十匹の仔亀が、手足を反りかえらせて沈んでいる。ふた月のちに首尾よく孵化して、海をめざしてよちよち歩きだしたところを、地元の中学生たちにつかまり、教師の指導のもとに、科学教育の材料として、標本にされた、不運な連中である。

しかし私が東京からわざわざ四国まで出てきた目的は、実は海亀ではない。勤め先の役所から、少しまとまった有給休暇がとれたので、海水浴がてら、淡路島の国民休暇村までやってきた。そこで四国の、次の宿泊地を考えているうちに、大学時代の同級生である椿《つばき》が、徳島県の、この海辺の町に住んでいることを思いだしたのである。

同級生といっても、椿は私より、十歳の年長である。しかも年齢だけではなく、容貌性格その他さまざまの面で、椿はわれわれ、おずおずと青年期に足を踏みこんだばかりの連中のなかで、特異だった。入学式がすみ、クラスがわけられた最初の時間、自己紹介のために教壇に立ったときの彼の印象からして、私は忘れることができない。がっちりした短軀、大きな顔、その皮膚は脂ぎって、痘痕《あばた》が無数にある。鼻は大きく、眉が濃く、顎骨は意志が強そうに張っているが、コップの底ほど厚い眼鏡の下の、突出した眼は、無類に優しく、気が弱そうである。顔の下半分が黒ずんで見えるほどの濃い不精髭にひきかえ、縮れた髪の毛はそろそろ後退をはじめて、額をいっそう広く見せていた。

教室は静まり返った。教卓をわしづかみにしたまま、椿はなかなか口を切らないのだが、それがわざと間をおいているのではない、ということが判ったからだ。言葉をしぼりだすために、彼は顔中の筋肉を痙攣させ、のけぞったりうつむいたりして、さっきから渾身の力を傾けていたのである。

「ぼ、ぼくは」とやっと言葉が洩れた。「れ、劣等感のかたまりという男です」

あとは一瀉千里《いっしゃせんり》だった。ややかすれた声の早口で、吃《ども》りという障害を大いそぎで乗りきってしまおうとするかのように、

「第一に年がちがう。皆さんと十か、十一も年上です。兵隊にとられて大陸に行っていました。それからテーベー（結核）です。入学したのは三年まえですが、いままで休学していたのです。皆さんに年長者あつかいされると、かえって辛いのです。それから、それからぼくは、自分の性器《しえい》に、他人に言えない加工をほどこしてしまった。だから皆さんは、ぼくを風呂にさそわないで下さい……」

たぶん彼は、内部の抵抗をのりこえようと力んだあまりに、言いたくないことまで喋ってしまったらしい。みるみる蒼ざめると、冷汗をうかべて立ちすくんだ。乱杭歯《らんぐいば》がのぞけるほどに、唇をさまざまに曲げたが、もはや言葉は一滴も洩れてこなかった。

事態の急迫をさとった年下の同級生たちが、教室をゆるがすばかりの大拍手を送った。それが長々とつづいたので、椿はやっと自分に投げられた救助綱に気づいたらしく、不器用に一礼して、席に戻った。

彼の第一印象だった気の弱さと、心優しさが、ほとんど異常なほど極端であることが私に判ってきたのは、交際が少し深まってからである。性器に加工した云々というのは、少年のころ自瀆《じとく》をしていて、包皮小帯を鋏で切りこんでしまった、というだけのことらしいが、それを最初の自己紹介で喋ったりしたのは、自分の恥をさらしてでも年下の同級生を面白がらせよう、という、ほとんど無意識のサーヴィス心から発していたことも、まもなく判った。

椿が、横断歩道を渡っていて、信号無視のバイクにはねられたことがある。一回転して起きあがると、椿はやっと止まったバイクに、むやみに頭を下げ、

「済みません。済みません。車はこわれませんでしたか。弁償させて貰います」

と口走ったものであった。革ジャンパーにヘルメットの若者は、しばらく仏頂面で彼を眺めていたが、椿のこの言葉に自分の立場を錯覚したにちがいない。いまにも殴りかからんばかりに、拳を固め、眼をつりあげ、片足ついて降りかけると、

「ぼやぼやすんじゃねえよ。バカヤロ」

と罵ったが、そのとき信号が変ったので椿を殴ることはあきらめ、爆音も高らかに走り去ったのである。

全身打撲で寝こんだ椿の下宿に、急を聞いてかけつけた私は、しばらく腹が立ってたまらなかった。無法なバイクに対してよりも、むしろ椿の気の弱さに対して。

「どうしてあんたは、すぐ〝済みません、済みません〟というんだよ。何もそんなに、おどおどしてなくったっていいじゃないか。もっと胸を張って、堂々と生きられないのか」

「済まん」とまた謝ってしまい、包帯のおくの眼をしばたたいて、「いや、口ぐせにすぎないんだ。君がよく〝ありがとう〟というだろ。あの代りにぼくは〝済みません〟というだけなんだ」

しかし、気の弱さ、という点に関しては、私も椿に、あまりお説教めいたことを言う資格はないのだった。私は九州の出身なのだが、九州男の特性として、強気に出てきた相手には、こちらも損得にかまわず強気になり、攻撃をうけると、猛然と闘志を燃して徹底的に反撃するにもかかわらず、いったん友情を感じた相手や、好意を示してくれた相手には、また、とことん気弱になってしまう。ことに友人が、椿のように弱気で、心優しい男だと、こちらもそれを上まわった返礼で応えずにはいられなくなって、結局は双方とも苦しい思いをするのだった。その限りでは、二人の性格には、一致点があった。

月末になって、当月分の小遣いに三百円だけ余裕ができた。これで、近くのバーで、水割りを三杯ずつ飲もうと思って、巣鴨の、椿の下宿まで誘いにいった。グラマスな山形出身の女性がいる肴町のバーで、三杯ずつ飲んで、電車通りに出ると、椿はこんどは自分が奢るからもう一軒行こうといって聞かない。

押し切られた形で、下駄を鳴らしながら浅草まで出て、大串のモツ焼きが名物の店で焼酎を飲んだ。その勘定を見ていると、どうも私が奢った分よりは多い。もともと自分が誘ったのに、と思うと、私は気が済まなくなって、力まかせに椿をさらに一軒、トリス・バーにひっぱりこんだ。

酔いも加わって、あとはシーソー・ゲームだった。奢り、奢られながら私はほとんど楽しくはなかったが、これは二人のイメージにあった〝接待〟が、相手を楽しませるより、むしろ自分が犠牲を払うという満足に重点がおかれていたことの、当然の結果だった。十二時ちかくに上野のマンモス・キャバレーを出たときには、私は、部屋の鍵が不完全なため封も切らずにポケットに入れて出た来月分の送金一万二千円のなかから、六千円を使いこんでいた。椿の出費も、それに劣らぬにちがいなかった。

キャノンⅣSbを質に入れて金をつくると、私は翌日の夕方、椿の下宿をたずねた。数軒かけもっている家庭教師のアルバイトに、彼はちょうどでかけるところだった。まだ安い酒の匂いがする。

古い八畳の床の間には、山のように大根が積んである。その一本が、三分の一ほど齧《かじ》って、小さな机にほうりだしてある。今月の残りを、大根だけを喰って過そうと、椿が考えたことはすぐ判った。むりに金の半分を押しつけて、私は帰った。

こうした際限ないゆずり合いからのがれたさのあまりの、或る暗い記憶があって、二人はしばらく遠ざかった。というより、椿が学校に出てこなくなった。卒業に必要な最少限の単位を四年の夏学期までに取ってしまうと、椿は郷里の徳島にひっこんでしまったのである。私が官吏登用試験に合格したとき、徳島から差し出し人の記されていない祝電をうけとったが、椿の住所を知らないのでは、彼が打ってくれたのかどうか、確かめようもなかった。

出身が文学部なのに加えて、一、二年の成績が悪かったので、私がまわされたのは文部省関係の、なかでも陽のあたらぬ、地味な部署である。しかし暇だけは、たっぷりとある。四国まで来た機会に、久しぶりに旧友に会いたくなって、私はこの、海亀の来る町に足をのばしたのである。

椿の住所は、あっけなく判ってしまった。町の電話帳をフロントからとりよせ、椿姓の魚屋や米屋やらに電話しているうちに、

「それは、うちの甥や」

というのが出てきたのである。しかもホテルのすぐ裏手の、漁師町に、部屋を借りて住んでいるという。年甲斐もなく胸が躍るのを私は感じたが、強いて自分を抑えつけて、翌日訪問することに決めた。会えば酒になるだろうが、長い旅行で少し疲れてもいた。それに、こうして何年ぶりかでいよいよ会うとなると、いままではさして気にもかけなかった例の記憶が、急になまなましくよみがえってきて、いささか気おくれをも覚えたのである。

ロビーに坐ると、ホテルの前庭の金網ごしに、四角いプールが見える。そのプールから、ときどき、水音といっしょに三角形の扇状のものがひらめく。町営の、そこが水族館になっているらしい。入浴して汗を流したのち、私は夕食までの時間、そこに行ってみることにした。

扇状のものは、身を横にしてプールを回遊している、海亀の鰭《ひれ》であった。プールサイドの説明文によると、海岸で孵化した仔亀を、中学生たちが学校のプールで育て、ここに移したものだという。

プールには長さ一メートル近くもある鰤《ぶり》が、列をなして泳いでいる。隅のほうに、頭を喰いちぎられた一匹が浮かんでいる。鰭や尻尾をかじられた魚もいる。プール中央の太鼓橋の上からのぞくと、底には、長径一メートル半はありそうな楕円盤が、重なりあって無数に沈んでいた。

雨が水面に輪をえがきはじめたので、私はコンクリート造りの、水族館本館に入った。色白の、すらりとした女職員が、そこで所在なげに立っていたので、聞いてみた。

「この亀はみんな、中学生たちが育てたの？」

「ううん、一匹だけ、海岸で卵を産んだあと、許可をもろうてつかまえたのが入っとる。あさっての海亀報謝祭に、浦島さんをのせて歩かせたあとで、海へ放してやるんや。海亀のおかげで、この町は持っとるけんね」

えくぼの目立つ女職員は、恰好のいい足先でサンダルを揺《ゆす》りながら、歌うようなこの地方独特の方言で、答えた。

「でも、どれがそうか、見わけがつくかい」

「すぐ判るわ。海で育ったのは、甲が高うなって、牡蠣《かき》がついとるけん」

「だけど」と、私は少し悪戯《いたずら》っ気を出して言った。「海亀を放すためにつかまえるのでは、別に海亀に感謝の意をあらわすことにならないと思うがな。海亀に感謝するのなら、人間が亀をしょって歩けばいいのに、甲羅の上にのっていじめるのでは、逆じゃないかな」

そのとき水族館の正門で、

「バンザイ」

と声が湧いた。いつやってきたのか、十人ちかくの地元の人たちがあつまって、傘と手をあげている。水族館の役員や、隣りのホテル支配人の顔も見える。暑いのに、背広ネクタイの正装をした中老の男が先に立ち、左手を四十五度ほどの角度で斜め前にさしだして、しずしずと、誰かを、プールにかかった太鼓橋の方に先導してきた。

先導されているのは、紺と白のアロハを着た、目の涼しい、可愛い顔の、十七、八の少年である。そのあとからおなじ柄の派手なワンピースを着た、よく肥った中年女が、ホテルの傘を少年にさしかけてついてくる。少年が女をふりかえって、

「ママ……」何とか言っているのが聞えた。

「フジ・サチオだ」と、女職員は、手を胸の前で握りあわせ、足踏みして叫んだ。

「何だい。フジ・サチオというのは」

「知らへんのか」と、女職員は軽蔑しきった眼で、私を見た。

「歌手やわ。ここ出身の。いますごい人気よ。海亀報謝祭のために、わざわざ帰って

きたんよ。明日、後援会の結成式が、小学校の講堂であって、そのあとダンスパーティをするんやわ」

言いすてると女職員は、たまりかねたように雨のなかに駆けだしていったのである。

2

その夜は、階上の広間で、歌手をむかえて町長の招宴があり、遅くまで拍手や楽器の音が聞えて、私はなかなか寝つかれなかった。ようやくまどろんだころ、フロントからの電話で起された。亀が上陸したというのである。少し間をおいてから玄関に出てみると、派手な浴衣を着た歌手一行を中心にして、傘をさした宿泊客たちが、高声でののしりながら帰ってくるところだった。亀がまだ後肢で砂を掘っているうちに早くも客が駆けつけたので、産卵を中止して海に帰ってしまった、というのである。

翌朝はいい天気だった。食卓にはきまりきったホテルの朝食のほかに、特別献立として獲れたての、銀箔を張ったような、太刀魚の刺身がついており、濃いたまりをつけたその肉の弾力ある歯ごたえに、私はしばらく寝不足の不快さを忘れて、陶然とした。

軒の低い、屋根に石をのせた漁師町で、椿の家をたずねる。ここでは椿は、〝先生〟という名で通用しているらしいことが、道を聞いているうちに判った。地元の小・中学生たちをあつめて、学習塾を開いているということも、鶏に餌をやる仕事をほうりだして、その角まで連れていってくれた老婆の話で知った。

厠《かわや》の匂いのする路地を入り、裏の離れに行くと、まだ雨戸が閉してある。早朝に雨が降ったらしく、地面すれすれに低い雨戸の敷居には泥がはねている。戸のこわれた、便所の板張りの壁に、濃い色の朝顔が咲いている。

ここまで来ていながら、なおも私は迷った。いま、すぐに帰れば、おそらく今後一生、会わないままで済ませられるはずだった。しかし、この雨戸一枚の向うに、学生時代の友人が、おそらく昔のように頭から布団をかぶって眠りこんでいる、と思うと、何かあたたかい、なつかしい感情が心のうちにひろがって、やはり声をかけぬでは済ませそうもなかった。

暗い土間に入って、私は、

「椿」

と呼んだ。

破れ襖の向うから、

「誰かい」と、眠そうな声がした、記憶にあるのと寸分違わぬ、一日にタバコを六十本も喫うので弱々しくかすれた、まさに椿の声であった。「渡辺？　まさか東京の渡辺では」と、ひとり言が聞え、起き出す気配がする。ひっかかりながら襖が開いた。

椿であった。しかし、この老けよう、やつれようは何事だろう。濃い不精髭は半白だった。よれよれの寝巻がはだけて見える胸は、あばらが数えられるほどに痩せ、皮膚がたるみ、汚点《しみ》が浮いていた。私より十歳の年長だから、まだ四十一か、そこらのはずなのに。

椿は眼鏡の奥の眼をしばたたき、意味もなくうろうろした。昨日の電話にもかかわらず、のんびりした田舎のことで、椿にはまだ連絡が行ってないらしかった。「よく来てくれた」とか「歓迎する。大歓迎だ」とか口走りながら、彼は長机の積んである土間と、とっつきの四畳を歩きまわり、電燈をつけてみてすぐに消し、あげくのはては部屋の隅にうず高く積んであるテスト用の藁半紙を蹴とばして、散乱させてしまった。しかもそのあいだ、椿は一度もこちらを、まともに見ようとはしないのだ。痩せた胸は、大きく起伏している。

東京で、とつぜん彼の下宿をたずねたときも、きまってこうだった。歓迎の意をどう表したらいいか判らなくなって、彼は度を失ってしまうのである。いまの自分が椿にとって、それほど喜ばれるべき客かどうかの自信は、私には全くなかったが、それとは別に、遠方からきた旧友だからとにかく破天荒な大サーヴィスをしなければならない、という、椿の脅迫観念にも似た義務感だけは少しも変らぬように思われた。

大学のころは、椿のこうした周章《あわて》ぶりを、（いい年をして）というような残酷な気持で、突っぱなして眺めていたこともある。しかし今の彼のいたいたしさは、やはり見ておれないのだった。

「とにかく外に出よう。この辺に喫茶店かなにかないか」

「うん、いや、でも、ちょっと待ってくれ」

とつぜん何かを思いついたように、椿は奥へひっこむと、シャツをひっかけ、ズボンに足を通しながらよろめき出てきた。傍をすりぬけて、外へ飛びだしてゆく。五分もたたぬうちに戻ってきて、烈しく手まねきした。路地の外へタクシーを止めてある。

「徳島へ頼んます」と、椿は言った。

私は椿の顔を見た。徳島からここまでは準急でも三時間はかかるのである。

「何も、そんな遠くへ行かなくとも」

「でも、こんな田舎に、君を接待するような、高級な場所はないいんや」

何が何んでも自分が先に犠牲を払ってしまいたい、という椿の性格は、相かわらずらしかった。わざわざ田舎に来たのだから、田舎風の所がいいのだと強硬に主張して、車を返させるまでには、かなり時間がかかった。結局二人が落ちついたのは、椿の家のすぐ裏手の、酒屋のカウンターである。冷酒をたてつづけに三杯あおって、椿はやっと落ちついたように見えた。

「どうして東京に残らなかったんだ」

「東京では、精神的に疲れてね。まわりの人間に気を使うからぜんぜん気持の通じない、こんな田舎の人相手だと、まだ気楽なんだ」

「しかし、おなじ四国でも、瀬戸内海側と太平洋側はまったく感じがちがうね」

「人間の気風も県によってはっきり違うよ。香川は大阪的だし、愛媛は対岸の広島あたりとそっくり同じだ。高知になるとやたら荒っぽくなって、九州人と見わけがつかない。徳島だけが特殊だね。南国的だが、性格に何か弱いところがある。人と争うより、自分が馬鹿になり、恥しいところをむきだして、人を楽しませた方が気楽だ、とでもいうんだろうか。……早い話が、あの阿波踊りだ。明日の海亀報謝祭には出るはずだが、まず自分の滑稽さをさらけだして、相手にくつろいでもらいたいという……」

帳場の時計を見て、椿はとつぜん叫んだ。

「女房が帰ってくる時間だ、家へ行こう。町を案内するよ。何もないけど」

私は返事につまった。椿の妻というのが、私がひそかに気にかけていた事件に登場した女性と、同一人ではないかと案じていたからだ。

しかし、有難いことに、別人だった。漁業組合につとめているという彼女は、小柄な、可愛い感じの女性だったが、二十八歳という年齢よりは老けて見えた。椿のことで、気の毒に、苦労の絶え間がないらしい。その原因はもっぱら椿の酒で、私ははじめて知ったのだが、去年も彼は卒中の発作で倒れた、というのである。椿によく似た、しかし色白で整った顔立ちの男の子も、小学校から帰ってきていた。胸にクラス委員のバッジをつけている。

土地の名所である薬王寺には、山の緑を背景にした舎利塔型の、朱と白の派手な建物があり、昨日ここに列車で到着したとき、停車場からもよく見えた。正式の名前は瑜祇《ゆぎ》塔といい、張りだした屋根の四隅から、さらに九輪と水煙が青空にそそりたっている。珍らしい構造である。まれに雲間から洩れる薄ら陽に、その金属部分は燦然《さんぜん》と輝く。

傾斜の急な階段をのぼりかけて、椿は夫人に何かささやくと、ひとり下駄を鳴らしてひきかえしていった。石段途中の山門まで先にのぼって夫人と、息子といっしょに待っていると、土産物屋のあいだの肴屋から、片手で店の奥を拝むまねをしながら出てきた。それから両腕をふりまわし、階段を二段ずつ、全速力で駆けあがってくる。

「ゆっくり上ってこいよ。体に悪いぞ」

見かねて私は叫んだが、椿は頑固に、踊るようなその駆け上りの姿勢を崩さなかった。もっともその速度は、一段ずつ登ってくる白衣の遍路たちと、変りないほどに落ちてはいたが。ぜいぜい息を切らしながら、椿は夫人に、手に握りしめたものを手渡した。どうやら金を借りてきたらしい。それほど持ちあわせが少なかったのなら、もう椿に費《つか》わせてはならない。そう考えて私は、瑜祇《ゆぎ》塔の入塔料を四人分、先にすばやく払ったが、すると椿はさかんに恐縮したあげく、薬王寺の絵端書の、おなじものを三組も買って手渡すのだった。正直なところ、私はすこし厭になった。学生時代のみみっちい気の使いあい、奢りあいと、これでは少しも変ってはいないではないか。

塔中心の階段をあがって、二階に出る。ガラス・ケースに寺宝だという絵巻物が陳列してある。最初は若い女が半裸で、野原に横たわっている。

さかりなる春のすがたや散りはてて
あはれ見ゆる花の夕ぐれ

と歌がそえられているところから推すと、これは死んですぐ打ちすてられた女らしい。

つぎには同じ女を少し肥らせ、死者らしい肌色に変えてある。

散りやすき秋のもみぢ葉霜がれて
見しにもあらぬ人のいろいろ

どうやら不浄観の教理を説いた絵巻らしいということがわかったので、私はもう絵は見ずに、詞書《ことばがき》だけを読んでいった。

これ過ぎて身は憂きものと思ひしれ
何の怨みかここにあるべき

観客の女性や子供たちは気持わるがって、入口に立ちすくんでいる。椿の男の子が、
「わがら、もう行くぜえ」
と叫んだので、私は椿をうながして一旦階段をおり、下から順に見てゆくことにした。実はそれが正式のコースなのだが、受附を入るとすぐ、鼻をつまれても判らない、真暗な通路である。椿の妻と子供は逆に階段をのぼって展望台に出てしまったので、私はやっと椿と二人きりになった。足音だけが反響して、やたらに高くひびく。
「これを建てたのが変った坊主でね。建築費用がかかりすぎて、寺を追放されてしま

い、いまは雲水に出ている。しかし観光客があつまるようになって、もう元は取れたらしいから、そろそろ呼びかえされるのじゃないかな」

「しかし、ずいぶん凝った趣向だね。まず暗い所を通らせて、有難みを増そうというわけか」

「しかし物騒だよ。女房がここで観光客の一人に抱きつかれたことがある。外ではみんな、何喰わぬ顔をしているので、誰かはとうとう判らずじまいだけどな」

椿が面白そうに話すので、私はやっと、永いこと心にかけていたことを言いだす気になった。相手の顔が見えないことで、勇気も出ていたのである。

学生のころ、椿にはすでに婚約者がいた。徳島市の出身で、面長で古風な、物静かだが何となく性格のはっきりしない少し足りなそうな感じの女性だった。彼女が椿の大学三年の秋、上京してきて、折よく空いていた彼の下宿の、隣室の四畳半に一週間ばかり滞在したことがある。

そのころ私は、椿との例の気のつかい合い、犠牲の払い合い競争で、そろそろたまらなくなっていたときだった。といって一週間も会わないでいると、どこか物足りなかった。椿との交際を、できれば他の、同年配の仲間たちとの関係のように、ドライな、奢るよりは奢らせることに努力し、麻雀で奨学金をまきあげても何ら内心の痛みは感じず、相手の弱点をついてやろうと悪口雑言を叩きあって喜んでいる、といった、遠慮気兼のない、同年配のふつうの学生づきあいに変えたい、という気持が、そうして次第に生じてきたころだった。

例によって奢りあいのシーソー・ゲームのはてに、二人は大酔して、椿の下宿にころげこんだ。これ以上、何かの欲望が残っているとすれば、あとは女だけだった。どちらかが女を買いに行く金を二人分持っていたら、ためらわずに投げださずにはいられない、そんなせっぱつまった気持になっていた。

もちろん、二人とも有金はほとんど費いはたしている。明日からの外食代にも事欠く懐工合である。だから下宿に坐りこんだ椿が、酔いに眼をぎらつかせ、身を前後にゆすりながら、ろれつのまわらぬ舌で次のように言いだしたのは、案外自然な感情からかもしれなかった。

「き、きみ、隣りの部屋に行けよ。そしてあれと寝てみろよ。……体はいいんだぜ。なかなか……。早く、早く行け。いいんだってば。ぼ、ぼくが希むんだ。いまぐっすり眠ってるはずだ。いや、あれは君が好きなのかもしれん。昨日紹介したときの、あれの恥しがりようで判った。うす馬鹿だが、それくらいの感情はあるらしい。それから君のことを、もう三度も言った。……いいから行けってば。行かんか。ね、年長者として、命令する」

私が辞退するのを、ともすれば承認しようとする自分に気づき、いっそうあとへはひけなくなって、椿はこう威丈高になっているのにちがいなかった。

その場ですぐ自分の下宿へ私は帰るべきだったのだ。しかし私は、そうしなかった。ここで自分が強気に変り、〝サーヴィス〟をうけることにより、シーソー・ゲームを打ち切ることができる。そのあとでは他の学生たちとおなじように、お互いにドライな、相手を利用しようとつとめることでかえって強まる、小悪党じみた仲間意識に、自分たちの友情を切りかえることができるかもしれない、という気持もあった。しかしそれは、結局のところ弁解だったかもしれない。要するに私は、女の体に飢えていたのだった、ということも認めなければならない。この年頃にありがちな狂人じみた欲望を抑えかねていた、ほんとの動機は案外それだけなのかもしれなかった。

隣室の、酔った男たちの高声に、椿の婚約者は眼をさましていた。私だと気づきながら、一言も抗《あらが》わずに、薄い、椿の体臭が染みた布団のなかに、私が滑りこむがままに任せていた。私の背に爪を立て、のけぞって布団の、垢じみた襟を嚙みしめた。強い、女の匂いが発散した。

はげしい気落ちが来た。利用しあうだけのドライな交際の仲間から、女を寝取ったときは、決して感じなかった気落ちが。なおしがみつこうとする女を突きはなして、私は立ちあがった。勝手なことだが、女の顔に唾を吐きかけてやりたかった。しかしほんとうは、誰よりも自分自身に、唾を吐きかけたかったのだ。

椿と、わざとらしい陽気な挨拶を交して、私は帰った。しかし、二人が何となく遠ざかったのは、この事件からのことだった。

いま、はじめて私は、しばらく気にかかっていた質問を、闇にむかって放った。

「あの女性と別れたのは、おれが原因ではなかったのか」

真暗な通路のなかで、椿はしばらく黙っていた。それから声がした。声は幾重にもこだまして、まわりの壁ぜんたいが答えたように感じられた。

「実は、君だけではない」と、その声は私の思いもかけなかったことを言っていた。顔を見ているときはつい気づかないですごす、悲痛な響きを、その声は帯びていた。

少し黙りこんで、

「き、君の知らない、古くからのぼくの友人に、君と彼女のことを話してしまったのだ。やはり、少しは辛くないこともなかったから……。するとそいつは、自分にもおなじことをさせろ、と要求して、強引にぼくの下宿についてきたのだ。ぼくはどうしても断れなかった。いや、正直に言うと、むしろそいつをそそのかしさえした。内心では女が、拒んでくれることを期待していたのだ。あの馬鹿女も、選択はする、と信じたかったのだ。しかし女は選択しなかった。ぼくは一晩、一睡もせずに、壁の向うの気配に耳をすませていた。三十面さげて、悲しく昂奮して、自分の体に触れながら……。もっともぼくは、いつも朝方にならねば眠れないのだがね。そいつは翌日の昼ごろ起きだして、女の体について、さほどでもなかったと報告して、悠々と帰っていった。いや、あっぱれな奴だったよ」

陰気な笑い声が、暗闇のなかにこだました。

自分だけでないことを知っても、私の気持は少しも軽くならなかった。決して断れない椿の弱点に、自分もその男とおなじく、乗じたことでは、同罪ではないか……。大日如来《にょらい》を安置している龕《がん》の、金いろの光りが見えてきたが、私はもうしばらく、椿に顔を見られたくなかった。

寺宝拝観をおえて外へ出たときは、夕方になっていた。椿の表情は、もう平静だった。夫人と子供はそのまま帰ったので、私は椿と、海岸に出てみた。風が出て、波頭が白くなっている。雨もよいの暮れ方の、セピア色の光景のなかに、白いスピッツをつれた白服の女が、走ったり、犬を呼んだりして立っている。鎖をはずした犬がはずみだして、手におえなくなったらしい。

声高に女は「もう知らんわ」と叫んで、ずんずんこちらに近づいてきた。昨日の水族館の、女職員だった。方言で椿に、犬をとりおさえてくれるように頼んでいる。

傍に行って、私は犬の昂奮している理由を知った。たったいま孵化した一群らしく、百匹以上もの黒い、四センチ直径ほどの仔亀が、いたいけな手足を一所懸命に動かして、波打際へと進んでゆくのである。それをスピッツが追って、嚙み殺す。湿った響きを立てて、甲羅は容易につぶれる。私は犬を追ったが、犬はかえって面白がってなかなかつかまらず、たちまち十五、六匹の仔亀が新たに嚙み殺された。

女は耳を抑えている。協力を求めるために椿の方をみて、私はしばらく声が出なかった。言いがたい感情をあらわにして、椿の顔はすさまじく歪んでいた。嚙みつぶされる仔亀の苦痛を、ひとつひとつ我が身に受けとめているように、私はその椿の表情を、感じた。

3

その夜は海亀上陸の電話はなかったが、深夜とつぜん、ダンスパーティの開かれている小学校講堂から、有線放送で、例の地元出身歌手の歌声が響いてきた。パーティのさいごに余興として歌手が歌うことはあらかじめ聞いていたが、後援会の世話役たちはせっかくのその歌を、町中の人間のみならずホテルの客にまで聞かせてやろう、という、親切気を起したのにちがいなかった。

そして、朝はまた早くから、曇天の浜で、レコードが鳴りはじめた。やがて専売公社のタバコ宣伝カーまで加わって、スピーカーをホテルに向け、大いにタバコを喫《の》もう、という趣旨の大演説をはじめたので、私はうんざりして、たまたま口にくわえたばかりだった今日の最初の一本に、火をつける気をなくした。

浴衣のまま屋上にのぼると、水族館前に止った宣伝カーのまわりには、鳥追い姿の娘が四、五人、籠を腕にかけて、ぼつぼつあつまった見物人に、タバコを売りつけている。

しかしこれは、先ぶれにすぎなかった。やがて白い運動帽をかぶった音楽教師のタクトにみちびかれて、中学生の鼓笛隊が演奏しながら行進してくると、水族館の前で右に折れて、海岸におりた。浜にはすでにテントや、椅子や、祭壇やが用意してある。

そのあとに鯨がつづく。鯛がつづく。烏賊《いか》や章魚《たこ》がつづく。みなハリボテの作りもので、それぞれ徐行する小型トラックに積んである。やがてオープン・カーに朝鮮風の衣裳をつけた女が二人、手をふりながら乗ってきて、同じく浜辺におりたが、これが昨日選出されたミス乙姫ということらしかった。

すぐあとで、竿をかついで歩いてきた青年が、浦島太郎だということは、扮装からすぐわかった。潮焼けした肌に白粉を塗りたくり、作業服の腰に蓑《みの》をまとった十四、五人の供は、本職の漁師を動員したのにちがいない。

年とった神主が、緋の袴に白い衣の童女数十人を従えて歩き、さいごに太鼓と、

「えらいやっちゃ、えらいやっちゃ」

の掛声とともに、阿波踊りの一隊がなだれてきて、これで勢揃いは終ったらしい。カメラを持って私は階下におり、浜を埋めた群衆に加わった。

今日、海に放される亀は、群衆の中央、祭壇の設けてある下の板囲いに閉じこめられているらしい。黒々としたその背中だけが、囲いから盛りあがって見える。祭壇の後ろには卓がしつらえられ、ミス乙姫と、準ミス乙姫が腰掛けている。さらに後ろには鼓笛隊、左右には浦島、その供の漁師、神主、来賓、巫女《みこ》、阿波踊り一同などが居流れているが、海側だけが開かれ、警官数名がロープを握って警備しているのは、あとで亀の通り道とするためであろう。群衆のうしろの松林には、タコ焼き、関東だきなどの屋台が並び、専売公社宣伝カーが、ここを先途と声をはりあげている。

まわりの人々の会話で、私はやっと、海亀報謝祭と専売公社の結びつきを了解した。あとで乙姫から浦島に手渡される玉手箱のなかには、

「中からぱっと白煙」

の歌詞に忠実に、タバコが入っているのである。それにしても、

「たちまち太郎はお爺さん」

の部分を実演はしないらしいのは、専売公社に遠慮してのことであろう、と思われた。

開会は一時間ちかく遅れた。来賓筆頭の歌手とその母親の、ホテルでの食事が長びいたせいである。

運動帽の音楽教師が、躍りあがるようにしてタクトを振り、「ユーダス・マッカベウス」の演奏がはじまった。つぎに巫女や婦人会の踊りがある。神主が亀、ミス乙姫、浦島、来賓一同を祓《はら》い、枯れた声で祝詞《のりと》を読む。

「かけまくもかしこき海亀のみことの大前に、献《ささ》げまつる豊《とよ》の大御酒《おおみき》を、あさず聞し召さへと、かしこみかしこみ申す」といった祝詞である。

そのあと、延々と来賓の祝辞がつづいた。祝辞は申しあわせたように、「海亀さん」と呼びかけ、はるばるこの海岸に来てくれたことを感謝し、海亀に対し、「今後

の御健闘」ないし「御活躍」を祈ることで結ばれていた。

雲が切れ、強い南国の日射しが降りそそぎはじめた。「水も掛けてやらんで、亀は大丈夫かいのう」という声が、隣りでした。乾燥すると、亀は弱るのだそうである。

しかし来賓の祝辞は、いつ果てるとも知れなかった。やはり近くの人々の噂によると、当町出身代議士の親分に当る大物政治家がさいきん急死したので、代議士は地盤を固めなおすために飛んで帰り、海亀報謝祭に出席してさっき演説をした。すると隣りの町から、こんど出馬の決意を固めている某候補が負けじと演説し、すると当町代議士の子分の県会議員が応酬し、隣り町出身の県議が反撃し、当町の町議が立ち、つぎに隣りの……といった具合で、無限につづいているのだ、という。

そのとき私は、妙なものに気がついた。ズボンを膝までまくりあげた中年の男が、海のなかに入り、交通整理のスタイルで、両手を振りながら、海亀の通路にあたる海岸側をふさぎはじめた子供たちを、押しもどしているのである。

「椿だ、何でまた」

と、私はつい、つぶやいた。

「ああ、椿先生じゃ」と、隣りの、漁師らしい老人がつぶやいて、応じた。「いい人じゃ。自分の着ているものまで脱いでやるような人じゃけど、酒がすぎる。去年はホテルのお客が亀をめずらしがって取りかこんでいると、腹の方もよう見えるように亀をひっくりかえしてやって、看視員から怒られよった。人のためを思うてするんじゃけど、どこか調子がなあ……」

半分まで聞いて、私は人垣の外を、波打際に駆けおりた。「椿」と呼んだ。またそんなことを始めては大変だ、と思ったのだ。

はたして椿は酔っていた。むりやりひっぱって、町の方へ歩いた。葛切りを喰わせる店をみつけて、中に入った。「酒屋の方がいい」と椿はしばらく主張していたが、しばらく話しているうちにやっとおさまった。

やがて椿夫人が、男の子の手をひいてやってきた。報謝祭は終った、という。

「亀が海にもどるところは、どうだった」

と聞くと、

「それが……」

と困った顔をした。

いよいよ祭りの大詰めをむかえ、亀に一升酒を飲ませ、浦島やら歌手やらが甲羅に乗ってしばらく歩かせているうちに、亀は急に動かなくなった。はっきり判らないが死んだらしく、仕方なく人間が二、三十人がかりで海へひきこみ、漁船で沖へ引いていった、という。産卵の疲労のあと、プールにうつされ、先住の亀に苛められ、おまけに今日は早朝から直射日光のあたる浜に板で閉じこめられて、さんざ健闘やら活躍やらを祈られて、海亀はとうとう体力がつきはてたらしい。

「亀さん、涙流してたよ」と、男の子が言った。

「酒を飲ませたのが心臓にいけなかったんじゃないか」

「か、亀が酒を飲むもんか」と椿は言下に否定した。「飲ませたように見せて、盃から口のまわりにこぼしているんだ。亀をダシにして、役員やら世話役やらが飲みたいんだよ」

雨が降りはじめた。椿が電話をかけて、タクシーを頼んだ。椿の家の前で、夫人と男の子をおろす。しかし椿は助手席にのったまま、ホテルまで送ってゆくと主張する。私にタクシー代を払わせまいがためである。少しうんざりしたので、言うがままに送らせて、ホテルへ戻った。

椿をのせたまま引き返そうとするタクシーに、傘をさしたホテル従業員が飛んで出て、何か頼んでいる。椿はうなずいて、すぐに降りてきた。

「どうしたんだ」

「いやね」と、椿はろれつのまわらぬ口調で言った。「歌手御一行の御出発なんだ。町長以下の先導供奉《ぐぶ》をしたがえてね。それで車が足りないから、用立ててくれというんだ」

「で、奪られちゃったわけか」

「まあ、そうだ」

「どうして帰る、この雨の中を。そろそろ授業の時間だろう。……そうだ。傘を借りたら」

椿は言葉を濁して、ふらふらと玄関を歩きまわっている。もういちど、私はすすめた。

「でも、宿泊客以外は、貸さない建前だから」

「ぼくの名前で借りればいいさ」

「……だ、だけど、返しにくるのが。いいよ。走って帰るから」

常識では考えられないが、たぶん椿はフロントに、傘を貸してくれと申しこむ勇気がないのだ、と私は椿のこのためらいを解釈した。ばかばかしくも思われるが、昔から妙なところで遠慮する男だった。そのために結果的には、大きな不義理を招いてしまい、自責のあまり椿は、いよいよ自分の内に閉じこもることになるのにちがいなかった。

ホテル名の入った番傘を二本、私は借りた。一本を椿に押しつけて、言った。

「さあ、ぼくが送ってやる。生徒が待っているから、帰ろう。傘はぼくが返してやるから、それならいいだろう」

椿は口ごもった。その痩せた背を押して、私は外に出た。風に混った、横なぐりの雨だ。プールの海亀は昂奮して鰭《ひれ》を大きく出して泳ぎまわっている。

曲り角で、数台の車に追いぬかれた。先導は町長、二台目の外車が歌手母子《おやこ》、三台目からの国産自家用車やタクシーが随員と町側の歓送陣である。急いでよけたが間にあわず、泥水の飛沫を二人とも、ズボンに浴びてしまった。

馬鹿々々しくなって私は笑いだした。いい年をした男が送ったり送られたり、まるで女学生のつきあいだ、と思ったのである。はじめに椿がホテルまで送ろうなどと気をまわさなければ、でなければ自分がつきはなして、一人で走って帰らせれば、こんなさまにはならなかったのだ。

母屋の軒下まで来たので、私は椿の傘をとりあげた。「近所で一杯飲《や》っていかないか」と椿が言ったが、耳もかさぬふりをした。椿は番傘の先をつかんだ。

「明日帰るのか」

「ああ、明日の朝帰る」言いながら私は何がなしほっとしていた。この二日間、椿に暴走サーヴィスをさせないために、私もけっこう気を使っていたのだった。「いつまでも休んではおられない。勤め人だからな」

するると椿はごつい顔に、いつものはにかんだような、べそをかいたような、奇妙な表情を浮かべた。

「ほんとに何のもてなしもできなかった。だが、せめて、歓迎の志だけでも見せたいから、今夜、家へ来てくれないか」

「何でだ」

「……女房を、提供する」

あきれて私は椿を見つめた。全身の勇気をふるって、椿はこちらを見返している。冗談ではないらしい。

私は腹が立ってきた。この男はいったい、どこまで自分自身を苛めれば気が済むというのか。椿を殴り倒したい衝動を、私はやっと抑えた。いまこそ、言わねばならなかった。

「まだ判らないのか。そんなことは少しもぼくに対するサーヴィスにはならない。君の奥さんに魅力がない、というのではない。ぼくを喜ばせるために、君が苦しめば、それはぼくにも苦痛になるのだ。立場を変えて考えたら、すぐ判るだろう」

それから私は、暴言を吐いた。この、いつも他人を喜ばせることしか考えない、心やさしい友人にむかって。

「少しは、他人《ひと》の気持も考えろ」

はっとした感じで、椿は顔をあげた。力まかせに傘をとりかえして、私は大股に歩きだした。数十歩あるいてから、振りかえった。

ぬかるみの上に、椿はべったりと坐りこんで、こちらを見送っていた。べそをかいたように口を曲げ、雨と、おそらく涙に顔をくしゃくしゃにして。

たまらなくなって、私は駆けた。自己嫌悪に叫びだしたかった。他に断り方もあったろうものを、何という残酷な言葉を自分は言ってしまったのだ。あれだけ一所懸命おろおろしながら歓迎してくれた友人に、(お前の歓迎はなってない)と断定したようなものではないか。たぶん、もう取り返しはつかない……。それに自分の、あの威丈高な言い方。あの瞬間、椿に対して無意識に抱いていた優越感の厭らしさ。

二晩の寝不足にもかかわらず、その夜もどうしても寝つかれなかった。

浜に出てみる気になったのは、夜も十二時をすぎてのことである。雨は上っている。空は暗い。松林をへだてて町の方角から、酒宴のどよめきが聞えてくる。海亀報謝祭の役員連中が、慰労会をやっているのだろう。看視員も飲んでいるらしく、今夜は浜に姿は見えない。

蒸し暑い夜で、浴衣まで肌にべとつく。砂は雨を吸って締まっているが、ホテルの下駄ではやはり歩きにくい。

幅広い、浅い溝に下駄を踏みこんだ。その溝は、波打際から道路の下あたりまで、半円をえがいてのびている。そこでホテルの浴衣を着た五、六人が、何かを取りまいて話しあっている。懐中電燈の灯が交錯する。

近づいて私は、人々の手前に、くろぐろとした小山を見た。夜気が、妙になまぐさい。

海亀は砂浜に四肢をはりつけたまま、身じろぎもしない。甲羅のうしろに、砂はうず高く盛りあがっている。後肢を使って掘った深い穴に、亀はいまその産道を伸ばして、卵を産み落しているのである。すでに二、三十箇の白い玉が、穴の底には落ちている。重なりあい、中には砂に腹ばいになって、懐中電燈をさしかけ、彼女の生殖器を注視している観光客の前に、また一つ、柔らかい音をたてて、卵が産み落される。フラッシュが閃く。「二十六」と数を取っている中学生もいる。海亀の無表情の眼には、そのたびに涙があふれる。

私は、或る厳粛な感情に浸された。海亀のこの姿には、胸を打つ、真摯なものがあり、その気分は、他の見物人たちも確かに受けとっているらしかった。にもかかわらず、この光景——大の男たちがよってたかって海亀の尻の下に頭をつっこんでいる図は、客観的に見ればはなはだ滑稽で、猥雑で、当事者が真剣であればあるだけ、どこか物悲しいのだった。しぜんに私は、椿を思いうかべた。鈍重な外見からの連想ばかりではない。自分の恥や痛みをさらけだすほかに、他人に奉仕するすべを持たないものの苦しみ。その滑稽の厳粛さ……

痺れたように、私は立ちつくしていた。その時間は、三十分のようにも、一時間のようにも感じられた。執念ぶかい観光客たちも一人減り、二人減りして、二百箇ちかい卵がすべて産み落されたときには、海岸には私と亀のほかは誰もいなくなっていた。

やがて海亀は、後肢を櫂《かい》のように使って、穴を埋めはじめる。少しずつ少しずつ砂が落され、上が平らにならされる。完全に穴のあとが判らなくなってから、海亀はのろのろと、波打際にむかって動きはじめた。よほど力を使いはたしたのか、何度も休み、大きい溜息をついて。東の空はすでに、かなり明るくなっている。

大きい波が打ちよせて、いちめんの白泡で亀をおおった。その波がひいたときには、もう姿は消えていた。はるか遠くの波間にちらと、黒い頭が浮かんだように思ったが、それきりだった。

太陽の最初の光が、波頭を赤く染めた。椿はもう眠りに入ったろうかと、私は考えた。

蓮《れん》根《こん》ボーイ

1

福岡市の西のはずれに、鉱夫と漁師たちの小さな部落がある。

背に山を負い、海に面したわずかな平地に、家々はしがみついて建ち並んでいる。ほとんどは鉱夫たちの長屋で、中央に共同浴場の煙突が、いつも煙を吐いている。一日に何度も交代して上ってくる鉱夫たちを、すぐに入浴させねばならぬからである。

風景が妙にどす黒いのは、南の山が陽をさえぎるのと、家々が炭塵《たんじん》にくすんでいるのと、もうひとつ、この平地ぜんたいが、坑内から運びだされる廃炭《ぼた》で成立しているためである。

山の中腹にはいくつか穴があき、トロッコで石炭が吐き出されてくる。石炭は部落中央の選炭場を通り、桟橋から二百トンほどの機帆船で積み出される。何でも、炭鉱の本社は大阪にあり、石炭は関西方面に運ばれるのだ、ということである。

それで、この部落には昼も夜も、トロッコの響きと、選炭場のガラガラという音と、蒸気の噴出音の、絶えたことがない。昼間から湯上りの焼酎《しょうちゅう》をひっかけて、赤い顔でぶらついている鉱夫のステテコ姿や、寝乱れたその妻たちのシュミーズ姿にも、他の小炭鉱と同じく、事欠きはしない。

さて、この炭鉱は、地上施設は貧弱であるけれども、地下の坑道は想像以上にひろがっている。半分は海の底にのび、半分は山の下をくぐって、商家や学校や郵便局の集まった、小さな町の地底を通過する。

そこで町の人々は、ときどき地底から鈍い発破《はっぱ》の音が響き、家がぐらぐら揺れるのを、体験することがある。もっとも、もう慣れっこになってしまったし、炭鉱の人たちは店の大事なお客さんなので、会社に抗議を申しこむこともない。

坑道はさらに掘り進んで、早良《さわら》平野の田園地帯に達する。田や畑や小さい沼の下に、坑道はそれこそ蟻《あり》の巣のように張りめぐらされている。

ここが掘られたのは戦争中のことで、資材不足から、ろくな補強工事もしなかった。当然、落盤や出水があいつぎ、おびただしい犠牲者が出た。彼らはそのまま放置され、坑口はふさがれ、また新しい坑道が掘られた。

そのために、ただでさえ低湿地だった地表まで、しだいに陥没《かんぼつ》しはじめた。田も畑も水でおおわれ、数年のうちに広大な不毛地が生じた。以前から点在していた沼の葦《あし》や蓮《はす》が生えひろがり、川の水も流れこみ……やがて完全な沼沢地《しょうたくち》と化したのである。この沼地のことを、人々はカンラク、と呼んだ。むろん、陥落、の意味であろう。耕地をカンラクに変えられた近在の農家は、終戦後、炭鉱に補償を要求したが、話はなかなかまとまらなかった。

戦時中、軍を背景にして横車を押した会社は、こんどは近くに進駐してきた占領軍の威光をかさに着ているのだった。

目先の利《き》く農家は、沼沢地の一部を利用して、蓮根《れんこん》の栽培を思いついた。もともとこのあたりの沼には蓮根が自生していて、農家の青年たちの、小遣かせぎになっていた。

蓮根栽培の副業はたちまち周辺農家にひろまったけれども、かんじんの働き手がいなかった。

蓮根は三月の末から四月のはじめに、冷たい泥水に腰まで浸って、根を植えつけるのである。収穫は十月のもう肌寒いころ、この季節には首までくる水に全裸で浸って、採り入れるのである。

水量の調節が利かないので、器具を使わぬ、この〝沈み掘り〟のほかに、採る方法がない。

老人にはとても耐えられない。余分の脂《あぶら》が皮膚に弾《はじ》き出されて光っている青年でなければ、できる仕事ではない。といって、米の闇売りで新円をためこみ、髪をリーゼント・スタイルに光らせ、筑肥線で博多まで遊びに行くことを覚えた青年たちが、好んですることではない。

そこで植えつけと掘り出し、ことに、より辛い掘り出しは、おのずと特定の人間の仕事になる。

山ひとつ向うの炭鉱長屋には、父親や兄を事故で失った家族が、いくつもある。母親が選炭婦として働いている家庭もあれば、炭坑にはまったく関係がなくなっても、行き場所がないままに、古い長屋に住みついている一家もある。

そうした家の子供たちは、昔なら尋常小学校を出るとすぐに坑内に入ったものだけれども、終戦後は法律がやかましくなったので、新制中学を終えるまでは働きには出られなかった。

といって遊んでいるわけにはゆかないので、桟橋の下に待ちかまえていて落ちた石炭をひろったり、さもなくば、陥没地帯の農家の、蓮根掘りにやとわれたりして、いくばくかの金を稼ぐのである。

海にのぞんだ新制中学の、一クラスのうち二、三人は、そうした家庭の子供である。

彼らは着ているものもみすぼらしいが、そろって貧弱な体つきをし、禿や皮膚炎やトラホームの伝染病を持っている。

女の子も汚ない髪をし、はだしで通学してくる。虱《しらみ》を湧かしている者も多いので、他の子供はそばに寄りたがらない。もちろん成績は劣等で、それよりも、めったに学校には出てこない。

クラスで盗難事件があると、まず嫌疑をかけられるのは、彼らである。ほとんどの場合、それは冤罪《えんざい》ではなかった。

どのクラスにもいる苛《いじ》められっ子、餓鬼大将たちの気まぐれなリンチに、生贄《いけにえ》にさげられるのも、ほとんど彼らであった。

リンチも、決して子供っぽい無邪気なものではない。蝦蟇《がま》の腹を裂いたり、生きた猫の皮をはいで走らせたりする残酷さに、この年ごろの性的な好奇心が加わると、手のつけられない、悪どいものになる。鉱夫たちの昼間からの性行為を見聞きする機会の多いことが、彼らの想像力をいっそう煽り立てている。あまつさえ近くの米軍キャンプでは、兵士たちとパンパンの露骨な行為が、昼間から繰りひろげられている。

……教室にはひそやかな昂奮がみなぎっている。六時間目の授業にはとっくにあきあきしているけれども、放課後の帰り道に面白い行事が待っているので、生徒たちはやっと我慢していられるのだ。計画は昼休みと、この前の休み時間を利用して、教室の隅から隅へとすばやく伝えられ、こっそりと練りあげられた。

乱暴者たちは、机には教科書を一冊出しているだけで、他の道具はすっかり布鞄《カバン》に入れて膝にかかえ、終了のベルを今やおそしと待ちかまえている。舌なめずりせんばかりの表情で、目を輝かし、仲間とうなずきあっている。残酷な視線は申し合せたように、前列の廊下側にいる、瘦《や》せて顔色の悪い少年の、背中に注がれているのだ。

少年は幾重にもつぎを当てた、短かすぎる半ズボンをはいている。肱《ひじ》の破れたシャツは大人ものらしく、大きすぎて、端がズボンの裾からのぞいている。机の端には屑捨て場から拾ってきたような布鞄をかけ、異様な熱心さで、教師の口もとを注視している。

すらりとして美しい顔立ちだけれども、肌は泥と垢《あか》に汚れている。唇と頰だけがふしぎに赤い。背は高い方だけれども、胸は薄く、手脚も痛々しいほどに細い。一目で、炭鉱離職者の子供だと判る外見である。

彼はこの三月ほど、ずっと学校を休んでいた。熱心な教師が何度も家庭訪問をした結果、やっと新学期から出てきたのだった。

教師の心づかいにもかかわらず、クラスの乱暴者たちにとって、彼は珍しい獲物であるに違いなかった。苛め、いたぶり、残酷で性的な色彩を帯びた好奇心を満足させても、決して復讐される恐れのない獲物であった。

成績もお行儀もいい〝聖人〟たちは、計画には参加していない。いつも狡《ずる》い女の子たちも、そしらぬふりで教師の話を聞きながら、その実なみならぬ関心を、この汚れた長欠少年と、乱暴者どもの〝計画〟に集めている。教師に密告などすると、自分が、どんな復讐をされるか、判りはしないのだ。

ベルが鳴る。「起立、礼」と、号令がかけられる。とたんに生徒たちは、脱兎のように飛び出して、裏の通用門で待ちうけた。炭鉱に住んでいる子供がこちらから帰ることは、みんな知っている。

犠牲者が、元気のない歩み方で姿を見せる。肩から長い布鞄を腿《もも》のあたりに垂らし、帽子もかぶらず、ズック靴さえはいていない。

「おい、義一《ぎいち》」

と、餓鬼大将の、豹のように逞しい少年が猫撫で声で話しかけた。

「仲良うしようや、な」

ゆっくりと、義一、と呼ばれた少年はうなずく。声は出さない。

「一緒に遊ぼうや。こっちへ来《き》やい」

義一をとりかこんで、悪童たちは後ろからつついたり、くすぐったりして追い立てる。町を出て、鉄道の踏切を渡って、田のあいだを歩いて、沼地に、例の〝カンラク〟にやってくる。

妙に黙りこんだり、かと思うとわざとらしい大声でしゃべったりしながら、少年たちは沼地のなかに入ってゆく。両側は背よりも高い葦が、いっせいに芽ぶいている。それが幾重にも倒れ伏して、ちょうど人が通れるくらいの、細い道ができている。しかし注意して歩かないと、足もとからはすぐに水が滲み出すのである。

春の風は強く、ところどころに光る水面は波立っている。まわりの葦も、吹きわたってくる風に、しばしば押し伏せられる。空は晴れている。どこか、思いがけぬ近くから、鶏の不安げな鳴声が聞える。

「やい義一、ちょっとここに寝てみ」

と豹のような逞しい少年が枯葦を踏み倒しながら言う。

義一の顔に、怯《おび》えが走る。あとじさりしながら、まわりを見まわす。どちらを見ても敵意に満ちた、残酷な視線がはねかえってくる。

どこかでまた、鶏の声が聞える。

「よし、やろう」

と、餓鬼大将が言ったとたん、少年たちはいっせいに飛びついた。義一はたちまち引き倒され、仰向けにされた。

その手脚を、数人が抑える。餓鬼大将が義一の、ベルトをゆるめる。短かすぎる半ズボンを引きおろす。

「何やこいつ。パンツはいとらんやないか」

「毛は生えとるか」

「ぼちぼちや」

「もうむけるか」

「ちょっと、おれにもさわらしてみ」

むきだしにされた少年の腹は、思いがけぬ白さで陽にかがやいている。不安げに起伏するその腹の上に、葦のそよぎが影を落す。同時に四方から手が伸び、交錯する。義一は苦しげに口をゆがめ、身をよじるが、やはり声は洩らさないのだ。

「まだ立たんかい」

「あ、むけたむけた」

「もっと柔らこうせんか」

「あ、立ちよった。立ちよった」

「えらい、ひょろ長いやないか」

「もういいやろ」

「どれ、かしてみ」

声変りしかけた少年たちの蛮声は、次々と風に吹きちぎられる。沼が鳴り、山が鳴り、はるか向うの電線が鳴り、まわりの葦もいっせいに声を立てている。その中を、風呂敷包みが次々と手渡されて、円陣の中央、犠牲者の腹の上まで持ってこられる。

逞しい少年が風呂敷包みをほどく。大きな牝鶏《めんどり》が一羽、羽と脚をしばられて、首をのばしている。

「ほんとうによかとか。これ使うて」

「ああ、もう卵産まんごとなった奴やけん」

と、逞しい少年の意を迎えるように、顔を輝かせて、一人が答える。

「お前、ちゃんと立てさせときやい」

そう逞しい少年が一人に命じ、牝鶏を持ちかえる。尻を下にして、そろそろと下ろしてゆく。

少年たちの頭で、牝鶏が見えなくなる。やがて、すさまじい鶏の絶叫が聞える。風の方向で、その声は強まったり弱まったりする。

「やかましか。お前、鶏の首ば握っとけ」

声は途絶える。かわって小さい生物が、必死に身をもだえて、抗《あらが》う気配がある。おどろいたように口をあけ、目をみはったままの牝鶏の首が、しゃがみこんだ少年たちの頭上に、浮いたり沈んだりする。

「どや義一、味の良かろうが。どげんな?」

と、逞しい少年が聞く。

返事はない。はげしいあえぎのような響きも、あるいは風が水面を擦る音かもしれない。

無言の、熱心な儀式がしばらくつづく。枯葦が折れ、踏みしだかれる音だけが聞える。

少年たちのあいだに、ほっ、と吐息が洩れる。緊張がゆるみ、いっせいに立ち上る。

「行こう」

「行こう」

と言いかわしながら、小走りに丘を降りてゆく。

陽に照らされた枯葦の上で、義一はのろのろと身を起す。白い下腹には、生物の鮮血がべっとりと付着している。青々と伸びはじめた葦を握って、乱暴に拭いて、少年は半ズボンをはく。その表情にも、とりたてて変化は見られない。

歩き出そうとして、ふと足もとを見る。浅い水たまりの上に、血まみれの雑巾のような鶏が投げ出されている。羽には泥がこびりつき、目はうす黄いろい膜でおおわれている。

微笑が、少年の口もとに浮ぶ。まわりを見まわして、すばやく拾いあげる。水で血を大ざっぱに洗って、長いシャツの下にかくす。羽の肌ざわりと、まだ残っている体温を腹に感じながら、急ぎ足に歩き始める。身ごなしは、ここに連れてこられたときとは打って変って敏活である。

漁師町の、低い石塀の、陰から陰を伝うようにして、少年はたちまち炭鉱町の、どす黒い風景のなかに戻ってくる。崩れかけて、大地に吸われる寸前のような長屋が、長々と午後の影を曳いている中に立つ。

「義一かい」

と、戸口で、赤ん坊を背負って洗濯している女が、怒気をふくんだ声をかける。

「たまに学校行かしてもろうたら、いつまでもぐずぐずしよって。……早う落炭《らくたん》拾いに行かんかい。母ちゃんがいつまでも選炭婦して喰わしてやりよる思うたら、大間違いぞ」

義一はにっ、と笑って、シャツの下に隠していたものを見せる。母親の手が止る。口が開く。声をひそめて、

「……誰にも、みつからんやったろうな」

はげしく義一は首を振る。

「アウ、オウ、アウ」

というような発音をしながら、片手と顔の表情で、何ごとかを伝えようとする。

この、ドモリの話も、母親だけには通ずるのである。ほっとした様子で、

「そうな。……お友達に貰うたとな。そりゃよかった。えらい血がついとるばってん、野犬にでも喰われたんやろか。……今夜はさっそく、水炊きばせじゃこて。カシワは久しぶりじゃけん、力がつくじゃろ。早う羽ばむしっとかんと」

「アウウ、アウウ」

と答えながら、義一は牝鶏を下げて、長屋の裏に出てゆく。野菜屑や紙屑を捨ててある穴のそばに坐りこみ、器用に羽をむしりはじめる。血まみれの白い羽毛が、暗い穴に舞い、牝鶏はみるみる、白っぽい黄色とピンクの混った裸体にむかれてゆく……。

そうでなくとも義一にとって〝カンラク〟は、日ごろから親しい、遊びと生活の場である。

2

葦、真菰《まこも》、蒲《がま》などにおおわれた広大な湿地は、すべて義一の領土である。学校が終ると義一はまっすぐに、沼にかけつけて、葦のあいだに身をひそめる。学校に行く、と思わせて家を出て、そのまま沼にくることもある。

水草のなかに身をかくすと、義一は心の底からほっとする。冬でも枯葦は風を通さず、夏は水面を渡ってくる風が、意外に涼しい。そのために義一は沼のあちこちに、枯葦を踏みかため、蒲の穂を敷いた、隠れ処《かくが》を用意している。

多くは、まれに人の通る通路からちょっと入りこんだ、人目につかぬ場所にある。青々と葉をつけたまま倒れて水につかっている楠の、枝のあいだをちょっと掻いくぐると、葦にかこまれた畳一畳ほどの、乾燥した平地が残っていることもある。こんなところはむろん、抜け目なく蒲を厚く敷いて、快い安息所に仕立てているのである。

密生した真菰のあいだに顔をつっこむと、思いがけなくそうした安息所の一つがひらけていることもある。

気がむくままに、義一はその中に坐りこむ。葦の擦れ合う音にかこまれ、枯れた植物の快い匂いを嗅ぎ、青空を眺め、まぶしい中天の太陽を仰ぐ。雲雀《ひばり》の声がはるかな高みから降りそそぐ。

ここにはもはや、彼をうるさく叱り飛ばす継母もいない。彼のドモリを物笑いの種にする近所の子供も、ことごとに彼を苛める学校の乱暴者もいない。

学校を休んだ日は――というのは要するに大ていの日は、義一はここで、アルミの弁当箱をひらく。詰っているのは芋《いも》か、七分づきの米か、麦飯に、梅干と、油でいためた高菜の漬物ぐらいだが、それが、ここほどうまく感じられる場所もない。

継母の機嫌が悪くて、弁当を持たせられぬときでも、ここにくれば義一は、それほど不幸でもない。冬のあいだに拾いあつめて、倒木のうろに隠しておいた蓮の実を割り、黒い皮をむいて口に入れると、何とも言えぬ甘味と芳香が舌先にひろがる。それもないときは葦の新芽を抜き、外側の鞘《さや》をやぶって、嫩葉《わかば》を嚙みしめる。筍《たけのこ》に似た歯ざわりで、もっと苦味の少ない、清冽《せいれつ》な味わいが、しぜんに喉の奥に消えてゆく。

そうして枯葦の上に寝ころぶと、空気は香《かぐわ》しく、陽ざしは蜜のように甘く……目をとじると瞼《まぶた》の裏には輝かしいものがチカチカと、赤い砂金のようにきらめき、にじみ、ひろがる。
それを少しでも体内にとり入れたくて、大きく口を開く。しぜんにあくびが出る。耳は雲雀のさえずりで満ちる。ときどき鳰鳥《かいつぶり》や鷭《ばん》が、奇怪な声をあげながら、隠れ処すれすれに飛びすぎる。眠気はますます重たくなる。半ズボンの脚の肌寒さ、背中や、尻の、わずかな冷たささえも、いまは快い……。

もっと実用的な恩恵も〝カンラク〟は義一に与えている。

義一が倒木のうろや、枯葦のあいだに大事に隠している宝物に、折畳みの小さなナイフと、釣糸と、釣針がある。

ナイフは中学校の校庭に落ちていたもので、もとは真赤に錆《さ》びていた。それを沼にもってきて、平たい柔らかい石で、丹念に砥《と》ぎあげた。

いまも暇さえあれば砥石に当てることを欠かさないので、刃の厚みはもとの半分ぐらいに減ってはいるが、焼き入れの地紋を浮き出させてよく光り、見るからに切れそうである。握りや要《かなめ》の部分は、トロッコの軸受けからかすめ取って来たグリースを滲ませてあるので、これも逞しく黒光りしている。

鼻に当てると、つん、と焼けたような鋼《はがね》の匂いがする。切れ味をためすために蓮の葉や茎に落してみると、ほとんど自分だけの重味で、水気の多い植物はすーっと切れるのである。

釣糸と針、浮子《うき》などは、非番の日に魚釣りに来た鉱夫や子供が、落していったり、葦にからめたままあきらめて帰ったものを、丹念にほどいて、集めたものである。

蛙《かえる》をつかまえて、義一はその手足をちぎる。透明なピンク色の肉片を、針の先につける。それを沼のなかにそっと垂らすと、たちまち強い力がたぐりよせてくる。引きあげるとたいてい、憎々しい形のエビガニ——アメリカザリガニを九州ではこう呼ぶ——が、しっかり餌をかかえこんだまま、太陽に濡れた甲羅を光らせてぶら下ってい る。

これはそのまま、穴のあいたバケツにほうりこむ。エビガニばかりを狙うならば、ほんの二、三時間で、バケツは一杯になる。

しばらく水につけておいて泥を吐かせ、夜になってから持ち帰る。共同浴場の、大煙突のうしろにまわりこみ、白く塗った鉄パイプの、接《ジョイント》目の上に、バケツごとのせる。パッキングが悪くて、接目からは夜目にも白く、蒸気が吹き出している。

夜半に行ってみると、エビガニはみなひっくり返り、みごとに蒸し上っているのである。

これは継母には見せない。うっかり見つかると、血相を変えて叱りつけられる。物も言わずに、薪《まき》ざっぽうが飛んでくることもある。

「エビガニば喰うたりするとは朝鮮人ぞ。そげんもん捕ってきたらいけんチ言いよろうが。あんたはようても、他の子供が真似したら、どげんするとな。ほんに、乞食《ほいと》んごつ」

　そこで蒸し上って冷えたものは、また穴あきバケツごと、〃カンラク〃の隠れ処に持ち帰ることになる。

　草の上に坐りこんで、頑丈な殻をゆっくりと外《はず》す。あまり量はないけれども、真白な、美しい肉があらわれる。小瓶に盗んできた塩をつけて、口に入れる。何年か前に海で拾って食べた伊勢海老そっくりの、汁気が多く肉に滋味がある点では、むしろそれ以上の味である。

　一匹食べ終ると、ほっと溜息をついて、舌なめずりする。うっとりと目を閉じる。そんなときは活気のない表情も活々とし、瘦せこけた頰の血のいろは、いっそう鮮やかになるのである。

　タイワンドジョウ、と呼ばれている雷魚も、三十センチを越すのが、よくかかってくる。例のナイフで頭を落し、皮をむき、中骨を取る。半透明の、河豚《ふぐ》に似た、長い二片の肉が取れる。

これを、沼のなかに手をさしのべてよく水洗いし、塩をこすりつけ、口に入れ、噛みしめる。雷魚の刺身はたしかに淡泊で美味ではあるが、恐ろしい寄生虫を宿していることを、義一はまったく知らぬかに見える。手の甲で口を拭い、少年は満足しきった表情で、空を見上げる。

まれには、沼では鯰《なまず》が釣れる。糸で釣ることもあるし、それよりも雨上りに、すぐに行ってみると、枯葦の上にはねあがって、髭《ひげ》を動かしていることが、よくあるのである。道路の上にまで進出して、泥まみれになって乾きかけ、動きがとれないでいることもある。

これはそのまま拾って、持って帰る。うっかり水につけて洗おうとしたりすると、必ずするりと逃げられる。川魚のあつかいには慣れている義一が、いくら注意して握っていても、そうである。一般に、鰻《うなぎ》でも同じだけれども、力を入れて握れば握るほど、つるりと手が滑るようである。

母親も、獲物が鯰ならば、不機嫌な顔をしない。たいていは開いて、醤油を塗って、七輪で蒲焼きにするのだが、淡泊な白味の肉はほとんど食べ盛りの、腹違いの弟妹たちの腹に入る。彼の前に残るのは、量は多いが食べるところは少ない、怨めしそうな頭の部分である。もっとも母親の分は、はじめから切りわけていないのである。

「あんたは頭の方がよかとばい。胸の病気には肉よりも、内臓《もつ》でん頭でん食うた方がよかもんなあ。早う体ば直して、父ちゃんのあとばついで、炭鉱《やま》に入ってもらわんと」

義一はうれしそうに、ニッと笑う。鯰の頭を箸でつつき、茶碗の飯をかきこむ。

鰻は、夜になると釣れる。よく釣れる場所は、義一だけの秘密である。日が落ちてから夜半までかかって、多いときで二十四、少なくても三、四匹は釣れる。しかし、釣った場所には半月もしないと次の鰻が集まってこないから、毎晩というわけにはゆかない。

しかも、夜おそくまで釣っていると、必ず咳《せき》が出る。翌日は体が熱っぽく、動くのも大儀である。

とはいえ、鰻なら他の魚とちがって金になる。沼の、国道沿いの部分にさいきん張り出して、連込み旅館ができたが、そこの板場で、ときどき彼の鰻を買ってくれるのである。もっとも、まだ客が少ないらしくて、量は大したことはない。

秋の、蓮根の沈み掘りが、義一の一家を金銭的に、いささかでもうるおしていることは、勿論である。

しかも、もっと文化的な、異国的な恩恵をも、沼は時として、義一にもたらすのである。

3

広大な沼の一部は、先にも述べたように、農家の蓮根栽培にあてられている。とはいえ、ここも義一の領土であることに変りはない。秋の、蓮根掘りの季節でなくとも、義一は自由にここに踏みこみ、水面を泳ぎまわり、葉の下で息をひそめ、あるいは蓮の花の、三角の蜂の巣状をした、花托《かたく》を集めたりするのである。熟して黒くなったこの花托のなかに、蜜の味のする果実がぎっしりと詰っていることは、言うまでもない。

葦や蒲の生えている部分の水は、澄み切っていて、匂いもない。けれども蓮の生えている部分は、どういうものか、匂いが強く、水が〝濃い〟ように感じられる。泥も深く、水面には浮き草がびっしりと連なり、澱《おり》や、あぶくや、滓《かす》みたいなものが浮んでいて、むしろ汚ならしい。

しかし水の汚なさや、泥に潜ることには、秋の〝沈み掘り〟で、義一はもう慣れっこになっている。むしろ水温の高い夏の季節に、浮き藻をかきわけ、蓮の葉の下から下を潜って泳いでゆく方が、はるかに楽しいのである。

林立している茎に手足が触れぬように、静かに泳ぐのはむずかしい。しかし毛の生えた蓮の葉を下から眺め、そのあわいに淡紅や白の花がぬきんでてそびえているのを仰ぎ、葉のあいだから洩れる光を浴び、チラチラ光る藻を押しわけ、あるいは葉かげの、薄い緑の翳《かげ》りに身をひそめているとき、義一の表情は極端な注意ぶかさと、陶酔とに引き裂かれて、歪《ゆが》んでいる。上唇をまくり上げて白い歯を見せ、息を殺し、耳殻《じかく》はびりびり震え、目は輝いている。

そよとも蓮を動かしてはならない。水音ひとつ立ててはならない。……まれに通りかかった百姓にどなりつけられる恐れよりも、こうしてひとりで、川獺《かわうそ》のようにひっそりと動き、待機していられる自分の能力に、少年は酔い、満ち足りているのである。

蓮の浮き葉に乗っていた青蛙が、とつぜん同じ平面に迫ってきた顔におどろいて、水に飛びこむことがある。あとには銀いろの大きい水溜りが、蓮の上でいつまでも定まらずに、忙《せわ》しく揺れ動いている。水の匂い、蓮の匂い、陽に照らされた藻の匂い、泥の匂いが、なつかしく少年を押しつつむ……。

蓮根沼の傍の道は、ときどき人が通ることがある。野良に行く百姓や、自転車に乗った警官や、川遊びに行く少年たちのときは、義一は蓮の葉の下で小さく身をちぢめ、息を殺して通りすぎるのを待つ。息を吐き切り、頭の上面だけ出して水面下に潜っていれば、蓮や浮き草や澱《おり》が身を隠してくれて、まず見つかることはない。

しかし、相手によってはわざと沼から顔を出すこともある。ときには泥まみれの胸を叩き、

「アウウ、アウウ」

と声を出して、注意を引きつけることもある。

それも最初は偶然だった。無用心に泥に頭をつっこんでしまい、目が見えないままに、蓮のあいだから顔をあげたのだった。

音楽的な叫びが聞えた。男の声だったが、奇妙に快く響く、調子とアクセントだった。

ぶるっ、と頭を洗って、少年は目を開いた。目の前の陸地の、草の上から、誰かが立ち上りかけていた。

白っぽい夏の軍服を着て、GIキャップをかぶった、進駐軍の兵士だった。近くの占領軍キャンプから、外出して、遊びに来たらしかった。長いスカートをはき、パーマをかけ、濃い化粧をして日傘をさした、一目でパンパンと判る女を連れていた。

とつぜん浮んだ泥人形に、兵士はおどろいたのにちがいなかった。不機嫌に、兵士は連れの女に何ごとか質問していた。顎でしばしば少年の方を指すので、彼が話題に

なっていることは確かだった。

そのあいだ少年は、馬鹿のように、泥まみれの上半身を光らせて立っていた。見なれない二人の姿と、背後の高まった道に止めてある、ジープを眺めていた。

兵士は笑い出して、うなずいた。それから親指で彼を招いて、何か言った。女が通訳した。

「ねえ兄《あん》ちゃん。その蓮の花ば一本、うちらに取っちゃらんね」

意味が判ると同時に、弾《はじ》かれたように少年は水に沈んだ。キンツリ、と呼ぶ小さな黒い褌の、腰にはさんだ愛用のナイフで、ことさらみごとな八重の花を、茎の中ほどから切った。水面に切口の白い汁を引きながら、陸に近づいた。

兵士は腰を落し、巨大な掌をのべて、花をつかんだ。それからポケットをまさぐると、

「ヘイ、ボーイ」

と叫びながら、何かをつかみ出し、空中高く投げあげた。

キラキラと光りながら、それはばらばらになり、はるかな高みから、つい目の前に落ちてきた。

小さなしぶきをあげて、落下物は相次いで浮き藻に支えられた。横っ飛びに手をの

ばして、ほとんど同時に少年は、それをつかんだ。

銀紙に包まれた、当時は珍しい、アメリカ製のキャンデーだった。

……それから少年は、もし道を通りかかる者が占領軍の兵士ならば、かならず水を叩いて踊りあがり、声を発して、注意を引くことを怠らない。女連れの兵士にならもとより、乾いた道に埃をまきあげて疾駆するジープにでも、必ず呼びかける。

ほとんど必ず、兵士たちはジープを止めて近づいてくる。好奇心かもしれないし、溺れかけている、と思うのかもしれない。そこで少年はすばやく、みごとな花をもった、長い蓮の一茎をさし出す。

米兵は例外なく、驚いた表情でうけとる。急に嬉しそうな顔になる。ポケットをまさぐり、キャンデーか、ボンボンか、チューインガムか、あるいはタバコか日本円の小銭を手渡してくれる。

4

珍しく一人で、岸に立っている米兵をみつけて、義一はそっと蓮の葉の下を潜って、近づいていったのだった。白い頰に産毛《うぶげ》の生えた、まだ少年っぽい兵士で、手には手紙らしい紙片を持っていた。あまり熱心に読みふけっているので、義一はつい、声を出しそびれたのだった。

読みおわると、少年兵は手紙に唇をつけて、ズボンのポケットにしまいこんだ。それから歩み出してきて、水際に立った。

何をするのか見当がつかなくて、義一はぼんやりと、蓮の下から見上げていた。スラックスのジッパーをひらいて、少年兵は無造作に、その肉体をつかみ出した。それは日本人の大人のものよりさらに長大で、美しいピンク色をしていた。

次に何がくるかを、ぼんやりと知りながら、義一はなぜか、逃げる気はしなかった。騒ぎ立てて、見つかりたくもなかった。仕方なく、そのまま息をひそめていた。

静寂《しじま》を破って、水音が、水面に響きはじめた。蓮の葉に当って、露の玉といっしょに、水に零《こぼ》れ落ちた。葉洩れの光に、燦爛《さんらん》と輝いた。

ふしぎに、厭な感じはしなかった。蓮の葉の微妙な香気に包まれていたせいかも、自分たちとはかけはなれた、美しい肉体の、美しい部分から注がれたせいかもしれなかった。ぼんやりと口をあけて、水面で目をぱちくりさせながら、それこそ蛙のように、義一は見上げていたのだった。

終って、身を納めかけながら、米兵はふたたび水面を見た。異様な声をあげた。蓮の葉の下の、浮き藻におおわれた顔を発見したのだ。米兵は怒りはじめた。はげしく罵《のの》り、唾《つば》を吐いた。拳を握って威嚇し、地だんだ踏み、足もとの地面を指した。

どうやら、上ってこい、と言っているらしかった。

なぜこんなに怒られるのか、義一はぴんと来なかった。そこでいつものように、蓮の花を一本切り、岸に近づいて、さし出した。

米兵は受けとらない。岸を指して、上れ、と命じている。しかし大分落ちついて、怒りも薄れかけているようである。

のろのろと義一は、岸に這いあがった。黒いキンツリ一本の姿で、少年兵に向きあって立った。義一の頭はプレスの利いた軍服の、ちょうど胸のあたりである。

痩《や》せほそった義一の、裸体を見下ろしていた少年兵の表情が、急に和《なご》んだ。頬のあたりがひくひくとひきつった。

ただ、ぼんやりと義一は、相手を見あげていた。それはこの世のものとも思われぬ、華やかで美しい感じの肉体だった。ピンクを帯びた白い肌、形のいい顎、みごとな真珠いろの歯並び、鋳型にとったような鼻の穴、ふしぎな蒼《あお》さの目、黄金《きん》いろの髪……

米兵をいままで多く見てはいたが、これほど若い相手を、これほど間近に見たことは、かつてなかった。

気がつくと、快い香りが相手の肉体から発散して、自分を包んでいた。

つい二年まえまで、はるかな高みをキラキラ光りながらゆっくり飛んでいった、B29の編隊のことを、義一は思い出していた。B29は四月の花びらのようにおびただしい爆弾をふりまいて行ったが、この若い米兵も、同じようにこの朝、天から降ってきて、この蓮池のそばにおり立ったように思われた。

喉がつまり、むせ返り、呼吸が苦しくなり、頭を乱暴にゆすぶられながら、義一は、意外に不幸ではない。

ふいに、義一は突き飛ばされて土にころがる。恐る恐る見上げた顔の上に、はてしない朝の、空の青さが映る。その中でさらに青い目が、自分を見下ろしているのが判る。あまりの青さが黒ずんで感じられるように、それは何かしら危険に満ちた青さだ。

その高みから、銀いろの板が、これもB29の爆弾のように、ゆるやかに降ってくる。

つかみとって、義一ははねおきる。道路にかけあがり、乾いた土の上をまっしぐらに走る。唾を吐き散らしながら、狂人のように走る。やがて道を折れ、葦《あし》のあいだに飛びこみ、裸足《はだし》の踵《かかと》を枯葦にめりこませながら、自分の隠れ処の一つに潜りこむ。

坐りこんで、誰からも見られていないことをたしかめて、ゆっくりと銀紙をむく。

ぶあつい板状のチョコレートを両手にもって、かぶりつく。はげしい感動に目が細まり、喉から「くっ、くっ」と笑い声が洩れる。

自分の幸福感をたしかめるように、歯型のついたチョコレートを離してながめ、また獣のように、頭の方を近づけて歯を立てる。ぴちゃ、ぴちゃと舌を鳴らし、口のまわりをなめつづける……。

5

沼沢池に葦の白い穂がそよぎはじめた。しばらく姿を消していた小鴨や田鴫《たしぎ》も姿を見せはじめ、枯葦のあいだを歩いていると思いがけない近さから、「ジャーッ」と声を立てて、電光形に飛び立つのだった。

雲は白く、風は涼しさを増した。蓮の大きな葉は枯れはじめ、かわって小さな止葉《とめば》が生えてきた。これは、地下茎の蓮根が、採取期に入ったしるしであった。

毎年、傭われてゆく農家から、今年も口づてに、

「そろそろ、義一を頼むばい」

と話が来ていた。

天気のいい日に、四、五人の少年たちが蓮根沼に潜っているのが見られた。ほとんどが炭鉱離職者の子供で、毎年、きまって傭われてくるのだった。沈み掘りにもやはり一種の要領があって、慣れていなければ難かしいのである。

少年たちはみな痩せているが、そのなかでも義一の体の細さは、いたいたしいほどである。それでもみな、この年頃特有の活発さにあふれて、一時もじっとしてはいない。もっとも、風が冷たくて、体を動かさないと、我慢できないせいもある。

畝《あぜ》には枯草を集めて火が焚かれる。少年たちは黒いキンツリ一本の姿で、沼のなかに踏みこみ、まず水で手足を濡らす。それから思いきって身を沈める。しばしば、頭が没することもある。

「うう、冷たか」

と悲鳴をあげながら、足先で泥のなかをまさぐる。よく成長した蓮根を指でさぐりあて、方向をたしかめ、踵《きびす》で強く蹴る。折れたのを爪先で、水面に蹴りあげる。蹴る方向を間違えるとなかなか折れず、折れても傷んで、商品にはならない。

沼の端には板を張りだして洗い場ができている。長靴にモンペ、飛白《かすり》の着物に姉《あね》さんかぶりの、農家の嫁や娘たちが、長い熊手で、浮きあがってくる蓮根をかきあつめる。タワシで、真っ白になるまで洗って、箱に入れる。

水の冷たさに、少年たちは二分と潜ってはいられない。数本蹴り折ると、水面を叩きながら畝道に這い上る。紫いろの、泥まみれの体を藁《わら》でこすりながら、焚火《たきび》に背や、腹を炙《あぶ》る。ふつうの水よりも、なぜか泥は、いっそう冷たいのだ。

痩せた泥人形たちはみな陽気に笑い、叫び、体をあたため、また水に飛びこむ。ドモリの義一は声こそ出さないけれども、水のなかでは誰よりも活発に、心得て泳ぎまわり、潜り、蓮根を蹴り折っている……。

浮き藻の下にその頭が沈んで、見えなくなった。一分、二分……たちまち泥鍍金《メッキ》の頭が、水草をかぶってあらわれた。ふうっ、と大きく息を吸いこんだ。

そのとたんに、むせかえる。苦しげに咳をする。ゴボッ、と音を立てて、口から血を吐いた。

真紅の艶《つや》やかな花が水面に拡がる。蓮の葉洩れの秋の陽に、脂《あぶら》ぎって、すさまじく輝く。

咳が止むと、少年は大いそぎで水面を叩き散らす。塊《かたまり》のような血を、沼の水に溶かそうと努める。幸いに誰も、気がついたものはいない……。

6

蓮根採取が繁忙期をすぎると、カンラクにはたちまち冬が到来する。枯葦と水の上に陰鬱な曇り空がひろがり、たまに日の光がさすと、かならず木枯しが吹きすさぶ。

水量は減り、魚たちはわずかな水溜りに集まり、泥の底に身をひそめる。かわって沼には、おびただしい水鳥が集まってくる。小鴨、真鴨、鷭《ばん》、田鴫《しぎ》……まれに巨大な雁《がん》さえ、真菰《まこも》のあいだにゆったりと浮んでいることがある。

この水鳥たちが、まだ解禁前だというのに、沼沢地に銃を持った米兵たちを招きよせた。もちろん、日本の警官は、何も口出しはできなかった。

早朝から沼には、銃声がこだました。米兵たちが気前よく捨ててゆく紙薬莢《ケース》は、中学生たちの恰好な蒐集品になった。横文字の印刷してある赤い硬い紙と、底部の真鍮《しんちゅう》のきらめきが神秘的だった。鼻にあてると、まだ煙硝の薄い匂いが残っているのも、生徒たちを昂奮させた。

洒落《しゃれ》た猟コートを制服の上に羽織って、米兵たちはガムを噛みながら、ジープから降り立った。二、三人連れの将校もいたし、助手席に化粧の濃い日本女性を乗せてくるのもいた。風は冷たいのに、みんな薄着で、艶々したピンク色の肌をしていた。

夏からの習慣で、アメリカ兵と見ると何となく寄ってゆく義一も、薄着である点にかけては、彼らに劣らない。夏のままの半ズボンの裾からは、あいかわらず古ワイシャツがはみ出している。折れそうに細い脚は垢《あか》と泥で固まり、罅《ひび》が入っている。だぶだぶのぼろジャンパーは腰でちぎれ、胴には荒縄をまいて締めている。

顔だけはいよいよ、透きとおるほどの蒼白さで、頬が異常に赤い。

そうして義一はぼんやりと口をあけ、しかし視線だけはひどく熱心に、外国兵をみつめている。彼らが進むと、義一も少し間をおいて、ついて歩くのである。だが、米兵たちは終戦直後の一時にくらべるとひどく渋くなり、チューインガムやチョコレートには、めったにありつけない。

兵士たちは二連や自動五連の猟銃を脇にかいこんで、広い沼のまわりを歩く。ときに水鳥が飛び立つと、間合も計らずに、むやみに発砲する。

沼や枯葦のなかには足を踏みこまないし、こんな気まぐれな撃ちかたなので、めったに獲物には当らない。それでもみな、陽気に口笛を吹いて、屈託なくふるまって、あとにはおびただしい、紙ケースの殻を残してゆくのである。

さすがに、猟犬を連れてくるような、本格的なハンターはいない。

ごく自然に、義一には冬の仕事ができた。

とつぜん枯葦のあいだから、重たげな鳥が飛び立つ。まだほとんど葦すれすれの高さなのに、兵士の自動銃が空気を圧する。密集した霰弾《さんだん》が見当ちがいな方向の枯葦を吹きとばす。銃口がつづけざまに吐く短い焔。

……やっと高みに達した大鷭を、たまたま数弾が貫く。ぱっと散る羽毛。鳥は黒い石となって、まっすぐに墜落してくる。枯葦に落ちる響き。空しい羽音。

しかし、足もとは暮れ方の寒い光をたたえた水である。犬も連れていなければ、小舟もない。磨き上げた自分の半長靴を見て、米兵はちょっと躊躇する。

そのとき、義一が飛び出す。半ズボンのまま、しぶきをあげて沼に走りこむ。幸いに冬は水が少ない。泥の上に半ば浮いたような枯木や枯葦でも、少年の軽い体なら支えてくれる。それに、どこをたどってゆけば、目的の場所に楽に行けるかを、沼の主の少年は、十分に知っている……。

枯葦のあいだで、まだ痙攣《けいれん》している灰いろの大鷭を、少年はすばやくさぐり出す。手をさしのべて、指も透《とお》れとつかむ。熱い鳥の体温と、臭気と、脈動を感じて、しばらくうっとりして立っている。

銃をさげて疑い深そうに見守っていた米兵は、繁みから少年が、大鷭をかかげて出てくるのを見て、急に上機嫌になる。義一の肩を叩き、大きい厚い手で握手をして、獲物をうけとる。こうして彼の労力は、必ず数片のチョコレートや、キャンデーや、まれにはアメリカタバコの箱で、酬われぬことはない。

しかし、銃の鳴る回数にくらべて、鳥の落ちる数は、まことに少ない。

顔馴染みになった米兵が、義一を枯草のなかに入らせ、鴨を追い出させよう、としたことがある。義一が膝まで水に浸かり、木の枝で繁みを叩き、

「アウウ、アウウーッ」

と、犬の遠吠えめいた声をあげたとたんに、思いがけぬ近くで羽音が起った。数羽の田鳴が飛び出して、ジャーッ、と叫びながら、稲妻形に折れ曲った。

とたんに米兵が、ろくろく銃口も上げぬまま発砲した。鉛弾がピシッ、ピシッと鋭い音を立てた。左右の葦がゆっくりと倒れた。

義一に一弾も当らなかったのは、僥倖《ぎょうこう》としか言いようがなかった。

にもかかわらず義一は、危険をそれほど痛切には感じなかったように見える。その後も義一は、命ぜられれば嬉々として、追い立てに沼に入ってゆくからである。

あるときは手の甲に刺青《いれずみ》をした兵士が、指を鳴らして彼を呼びつけ、銃口をつきつけて、繁みに追いこんだこともある。

兵士はタバコもチューインガムもくれなかったが、しかし義一は、とりたてて不平そうでもなく、その日いちにち、忠実な犬のように間をおいて、ついて歩いたのだった。

白人の兵士たちに奉仕し、その手脚となって働くこと自体に、義一は満足を覚えているのだ、とも思われる。

またある日、蓮畑になっている泥沼のなかで泥人形がうごめいていた。義一が頭だけ出して足で蓮根を蹴り折り、足の甲に乗せて持ち上げて収穫しているのだ。そばの清冽な小川には何本かの蓮根が泥を落とされて洗われていた。

「あれは何だ」という意味のことを米兵は聞いた。

「あれは、あれは……蓮根ボーイ」と女は歯をむき出して笑った。少年とは別人種だというような軽蔑しきった口調だった。

米兵は高く張った尻のポケットからチョコレートを出して口笛を吹いた。女が通訳した。

「あがっておいで。チョコレートくれるってさ」

この日は体調が悪いので、義一は首を横に振った。と米兵は運転席の横に立てかけてある散弾銃をとり、雲の低い空に向けて発射した。落ちてきた散弾が蓮の枯れ葉に霰《あられ》のような音を立てた。

「早く。撃たれても知らないよ」と女。

義一はあきらめて、折り取った蓮根も持って上がってきた。泥から出て寒いのか、ブルッと震えた。小さな男根はいっそう収縮していた。

米兵はジープの後部荷物置き場を指して、乗れ、との動作をした。少年は洗った蓮根を持って、這い上がった。

ジープは少し走って止まった。沼に数羽の鴨が浮いている。米兵は銃を取り上げ、狙って続けざまに発射した。

鴨は一斉に飛び立った。二羽だけが枯れ葦の間で首を垂れていた。

米兵が何か命じ、女が通訳した。

「あの鴨、拾って来いってさ。犬がいないからね」

少年は首を横に振った。すると米兵は何か喚いて銃口を少年に向けた。少年はうなだれてジープから降り、沼に入った。

首までつかって二羽の鴨を回収して戻ってきた。ジープにもたれ立っていた米兵は鴨をとりあげて後部荷物置き場に放り上げ、ついで少年の頭を押さえて、自分の前にひざまずかせた。

女が米兵のズボンのジッパーを下げた。巨大なものをまさぐり出した。同時に少年の放り出した蓮根の一本をとって、米兵のものに添えた。ほとんど同じ太さだった。

「あんた新制中学？　じゃ年はそんなに違わないけど、ここは随分違うね」

と言うと女は少年の後頭部を摑み、米兵の亀頭にその口を押し付けたのだ。顎を摑まれ、ムリヤリふくまされた。

「あたしは苦しくってさ。あんたが代わりしてくれたら、チョコレートもらってあげるよ」

米兵は遠慮会釈ない出し入れを始めた。女も、そこだけは泥のついていない少年の髪を摑むと、思い切り前後させ始めた。少年はオエッとえずき、むせ返り、眼に涙を浮かべた。米兵が少年の髪を摑んで好みの動きをさせ、女は手をはなしてジープ後部にシートを敷いた。仰向けになり、太い白い足を一本ずつはねあげて薄いナイロン・パンティを脱いだ。

「ヘイ、ジョー」と呼んだ。米兵は少年の口から抜き、女の上にかぶさっていった。女の絶叫はすさまじかった。ジープは悪路を走るように揺れていた。

陽は暮れかかり、風も出てきた。少年の肌の泥は体温で乾きかけ、ひび割れ、ところどころ白い肌が見えていた。しかし少年の蓮根はシートの下にあるのだった。

声をあげて、米兵は抜いた。柔らかいが長大なもので少年の喉をふさいだ。ついで少年の髪を摑んだまま、その口を女の股間に押しつけた。女は尻をジープの縁までずらしていたのだ。

やっと引き離された。蓮根とチョコレートが暗い地面に投げ出された。ジープの尾灯がいつまでも見えていて、やがて滲んで、消えた。

7

沼にのぞんだ旅館で、ＰＴＡの宴会がもよおされる。材料の一つの鰻《うなぎ》集めが、義一に命じられる。板場はいつもより、値を弾んだつもりである。

冬のことで、鰻の餌《え》喰《ぐ》いは悪いらしかった。それでも朝になると、義一は旅館の台所まで、五匹や六匹の鰻を届けないことはなかった。板に釘を打ちこみ、長い柄をつけた自製の道具で、義一は夜明けまで、沼底を突いて歩いているのだった。

それが、或る朝にかぎって、少年は姿をあらわさなかった。しかし誰も、気にも止めなかった。

陽がかなり高く昇ってから、板場が調理場の外に出て、何の気なしに沼を眺めた。

よく晴れた冬の朝だったが、沼を渡ってくる風は冷たかった。

沼の中央あたりに、おびただしい烏《からす》が舞っていた。烏の多い土地柄ではあったが、沼の上で舞っているのは異例だった。高く、低く、烏は舞いつづけ、異様な声で鳴き立てていた。

仲間に話して、板場は底の平たい舟を沼に浮べた。棹《さお》で押して、その地点に近づいた。

透明な水の底に、少年は上をむいて沈んでいた。頬の赤味は消え、白蠟のように清澄な死顔だった。手にはまだ、鰻刺しの板を握りしめていた。

水面に陽の光はまぶしく躍っていたが、水は冷たかった。やがて消防団と警官が来て、少年の死体を水から上げた。

触れられて、姿勢が変ったとき、少年の口から、おびただしい血があふれ出た。それは煙のようにゆっくりと水中に拡がり、たちまち消えていった。

少年がとても美しい顔立ちをしていたことに、居合せた人々は、そのとき初めて気づいた。

鰻《うなぎ》池《いけ》のナルシス

1

誰にでも好物はある。けれども阿川《あがわ》の鰻《うなぎ》好きは、いささか異常なように思われる。

店の前を通りかかる。よく熾《おこ》った備長炭《びんちょうずみ》の上に金串を打った鰻を並べて、向う鉢巻の親父が、威勢よく団扇《うちわ》を鳴らしている。じゅうじゅうと脂が落ち、煙が上がる。その匂いを嗅いだだけで、空腹のときなどは、ふらふらと近づいてしまう。

「らっしゃいッ」

と呼びかけられると、もう駄目だ。店に入り、椅子に腰をおろし、何となく脂ぎったテーブルに肱《ひじ》をつかぬよう注意しつつ、おしぼりで手や顔を拭きながら、

（何でおれはこんなに鰻が好きなんだろう。三日にいっぺんは必ず食べているじゃないか。よく、飽きないもんだな）

と、満更いやでもなく、考えるのである。

やがて運ばれてきた重箱の蓋をとると、鰻とタレと飯の湯気が入りまじって顔をう

つ。真っ白い、一粒一粒ピンと立っている炊きたての飯の上に、三串ばかり、こんがりと焼け、そのあいだから脂がまだじくじくと噴いている鰻がのっている。この瞬間の幸福感は、何ものにも替えがたい。同じ鰻重でも極上の、飯と鰻が別々の重箱に入っていて、重ねて持ってこられるのは、逆に、飯と鰻とが一瞬に感覚に入ってこないので、阿川はあまり好きでないのである。

さて、くずれんばかりに柔らかい肉を、箸でそっと持ちあげる。飯に、鰻の部分をかすかにはみ出すていどに、多くも少くもなくタレが浸みているのを見ると、阿川はいよいよ我慢できない。このとき、さっとお重を横取りされると、阿川は絶望のあまり、反射的にそいつの喉笛に喰いつきかねないのである。

真っ白な肉を、慎重に皮からはなして、飯に混ぜる。皮の裏側の、灰いろをした脂も、よく飯に吸いこませる。ぶりっ、としたその皮を口に入れ、目を細め、ゆっくりと舐めしゃぶる。歯を立てたり噛んだりするのが勿体ないので、舌と、口腔の粘膜だけでチュウチュウと吸うのだが、すると脂ぎった皮はしぜんに溶け、えもいわれぬ香りを発しつつ、いつか吸収されてしまうのである。

昔、水戸の殿様が、「厚さ一寸の鮭の皮があれば、水戸藩ぜんぶと引き替えたい」といったというが、鰻の皮をしゃぶっているときの阿川の気持も、それに遠くはない。

とはいえ彼に昔の藩主のような財産や権勢があるわけではなく、三十二歳でまだ独身の、ひょろひょろと背が高くてあまり風采のあがらない、水産会社の一社員にすぎないのだけれども。

食欲の方面からだけではなく、鰻の習性や形態も、何となく阿川には、興味がある。というよりは、へんに共感をそそるものがある。神秘的で、官能的で、粘っこく、豊饒な感じがするのである。

靄《もや》が深くてしばしば船舶を行方不明にするので、魔海と呼ばれるサルガッソーの深海で、アメリカやヨーロッパの鰻は産卵するという。日本の鰻は熱帯地方の深海で生まれるらしいが、まだはっきりはしていない。平べったい、柳の葉を小さくしたような、レプトセファルス、というその幼生の、少し成長したものを、阿川も大学時代に、水産練習船にのってポリネシア近辺に出漁したときに、採集したことがある。

それが川をさかのぼり、八年ほどすると成魚となって、また海へ戻り、生れ故郷に産卵と死のために戻るらしい。しかしまれに、何十年も経たと思われる大鰻が湖や池で獲れたり、あるいは孤立していて、およそ海とはつながりのなさそうな深山の沼にいたりするので、ますます神秘な感じが強いのである。すさまじいばかりの生命力を持ち、淡水にも海水にも適応でき、雨あがりには陸上を移動しているのを発見されることもある。そうした知識も、味覚の好みとは別に、阿川を鰻にひきつける要素になっているかもしれない。

しかし、いくら好物だとはいえ、阿川の生活が鰻を中心に回転しているわけではない。人並に、恋をしたこともある。むろん鰻ではなく、人間の、女性に、である。

2

相手は友人の妹の、女子美の学生である。郷里へ帰った友人から、「こんど妹が上京するので、よろしく」と伝言があったので、中野の寮にたずねていったのだが、お国なまりの脱けない、髪の長い、顔の小さい、活潑ですらりとした顕子《あきこ》は、何よりもまず、子供っぽくて、可愛らしい感じだった。

わがままで、気まぐれで、手を焼かせられることもある。公園を散歩しながら、話をしていても、

「あたし、アフリカに行きたいわ。早稲田の探検隊に入れてもらえるといいんだけど。……ああ、早くボーイフレンドできないかな。……あ、そうそうローランサンの絵、あなた好き？　フジタよりはほんものだ、と思うわ。だけど、グループ・セックスっ

て、興味あるわね。いちどやってみたいな。……あたし、アルバイトしてみようかしら。銀座のクラブって、ペイがいいんでしょ。……人生の意義って、何かしら。あ、そうそう阿川さん、あなた昨日、何回おシッコした？　あたし数えたら十二回よ。案外多いわね」

とにかく疲れはて、困惑させられる。そこで、

「そう次々に話をかえたって答えようがないよ。もうちょっと落ちついて、一つの主題に集中しなけりゃ」

というと、

「ごめんなさいね。あたしって駄目ね」と、とたんにしょげて、涙ぐむのである。

「昔っから、ちょっと変だ、って言われたわ。誰も私の味方になってくれないし。……生きていたり、人とつきあったりする資格がないのね」

そこでこちらはあわてて、

「いやいや、少くともぼくは、君の味方だよ」

と、元気づけにまわることになる。

多少変ってはいるものの、彼女の純粋で、素直で、自然な性格を、阿川は厭ではなかった。世間的なことにまったく無知で、無防備で、阿川にすべてを委《ゆだ》ねて信頼しき

っているさまが、可愛らしくもあった。つきあっているうちに、阿川は十ちかくも年下のこの天真爛漫な女性に、しだいに異性としての感情が強まるのを感じた。顕子が、

「あたし、どうしても寮のお友達と、うまくやってゆけないの。みんなあたしを、変ってる、頭おかしい、っていうのよ」

と涙ぐんで訴えるので、学校の近くにアパートを探して引っ越させてやってからは、顕子の方もはっきりと、彼を異性として意識し、頼りにしはじめた感じだった。

引っ越しがすんでほっとして、あの新しいアパートで水（顕子は世帯《しょたい》じみたことが不得手で、茶もうまく入れられなかった）をのんでいるときに、ふとその感情がたかぶった。細い肩のあたりがいたいたしくて、手でつかんでいるうちに、自然に唇を合わせていた。それ以上のことをする気持はなかったのだけれども、顕子は唇を合わせたまま後ろに倒れ、小さく、

「女子美でギリシャ彫刻のデッサンがあったけどアレとずいぶんサイズがちがうんだ。ホンモノはオッキクなるんだ」

といったのである。

それで、もっと進まなければ工合の悪いことになった。阿川の少い経験でもはっきりと判るほどに、顕子は完璧な処女だった。終始勇敢に痛みに耐え、さかんな好奇心

を持ちつづけながら、顕子は自分の肉体を材料とした実験に協力していた。

　それで、阿川の感情は決定的になった。とはいえ、家事はいっさいできず、独りにしておくとすぐ寂しがって泣き出し、いっしょにいると、よく言えば精神が自由なのだが、悪くいえばわがまま勝手で、およそ家庭的でない彼女と、結婚する気にはなかなかなれなかった。

　顕子が見合いをする、というので、身を引く決心をしたこともある。だが、いざ別れるとふしぎに辛くて、心臓のあたりや背筋に寒い風が吹くようで、落ちつかなかった。彼女の可愛らしいわがままや気まぐれを、内心では自分は愛していたのだ、ということが、はっきり判った。

　悶々としているとき、下宿の電話が鳴った。時間からいえば、まだ見合いの最中のはずだった。

「逃げてきたの」と生き生きとはずんだ声が、面白そうに言っていた。「やっぱりあたし、ダメよ。他の男、面白くないのよ。会いたいわ。早く」

「よし、いま行く」

　そのあとの——見合の相手への顕子の悪口を聞きながらの——抱擁や接吻ほど、甘美な経験はなかった。

何度かこんなことがあり、とうとう阿川は決心した。というより、覚悟を決めた。とにかくこの女は、自分が拾ってやらなければ、どうしようもない。家事が不得手だといっても、外食や出前やインスタント食品も利用できることだし、かえって世帯じみなくて、好都合ではないか。よし、結婚しよう。

この決心のなかには顕子の性が未成熟かと思えるほど小さくて、強烈な緊縛力を備えていることへの、未練もたしかにあった。

ともあれ、こうしたいきさつで、阿川は顕子の両親の承諾を得た。名古屋で医師をしている両親は、

「御承知のとおり、かなり変った娘ですが、それでよろしければ」

ということで、すぐ話はまとまった。北海道の実父は耄碌《もうろく》していて三男坊の彼に関心を示さず、実母は早く死んでいたから、他の邪魔は入らなかった。

年があけて、東京で、ごく小人数の式があげられた。阿川はさすがに上気して、何も判らなかった。それは顕子も同じらしかったが、式の途中でとつぜん立ちあがって、ふらふらと歩き出し、母親につれもどされたのと、披露宴の最中に甲高い声で笑い出したのをのぞけば、まず正常だった。

顕子のこの態度も、阿川はもうあきらめの気持で、というよりは可愛らしくさえ感

じたのは、長い交際で慣らされてしまったのだろうか。長々とつづく祝詞《のりと》は退屈で、変に儀式張ってこっけいで、ふらふらと歩き出して抵抗したくなることは、かえって自然だった。披露宴だって、この男と女が性の交りをする、ないしはすでにしていて、これからも続ける、ということの広告で、みんなが神妙な顔で食事しながら祝福したりすれば、笑いだしたくなるのが自然ではないか。笑うのは、かえって顕子の性格の、純粋さと、世間の秩序より自分の内部に忠実な素直さをあらわしているではないか。

新婚の旅行地は、顕子の希望で、鹿児島にした。阿川も不平はなかった。この地方には南方系に属するカニクイという大鰻がとれることを、水産学の知識でかねて知っていたから、ついでにその実物も見てきたい、と思ったのである。

できたら食べてみたいが、どういう手だてを使えばいいか、成算はない。学名をアンギラ・マルモラータというこの大鰻は、徳島県海陽町、和歌山県白浜町、長崎県野母崎町のものは天然記念物として指定されている。鹿児島のものもそれに近い取り扱いで、たぶん水族館に飼われているのだろう。なかなか簡単には、蒲焼になってくれそうにもない。

カニクイは鹿児島にかぎらず、全国いたるところの池沼でまれに獲れて、池の主とか、水神の使いとかいわれており、まつわる伝説も多い。鰻に関心をもっている阿川は、当然その伝説にも興味があるが、いちばんありふれているのは池干しの前日に、老人があらわれて庄屋をおとずれ、魚類の命を救うために池干しを中止するよう頼む、という形である。庄屋はいったん承諾するが、翌日には何かの手違いで池干しが実行され、見たこともない大鰻がとれた。その腹を開いてみたところ、前夜庄屋の家で馳走した飯や料理がぎっしりつまっていた、というのである。

しかし薩摩半島での、大鰻に関する伝説は、もっと個性的である。これは大鰻のとくに多い池田湖や鰻池の付近に伝わる話だが、夫が或る日、急に胸騒ぎを覚えて帰宅してみると、妻が旅の僧と、不倫な行為の最中だった。おのれ、と後ろからナタで切りつけると、僧は消えて大鰻の死骸があらわれた。妻は夢からさめたようで、何も覚えていなかった、というのである。

いま一つ印象に残っているのは、伝説というには多少新らしいが、明治の中ごろ、この地方に蛇使いの女があらわれた。蛇にいろいろ芸をしこみ、さいごに自分の股のあいだに這い込ませるのを売物にする、旅芸人だった。或る日、興行の寸前になって、蛇に逃げられてしまった。（あるいは蛇が犬に嚙み殺された、ともいう。）わけを話して詫びたが、見物の青年たちは承知せず、むりに迫って、この地方の大鰻で代用させた。女の肉体は裂け、血を流して死んだ。

しかし女の魂は肉体を脱け出して、湖に入った。いまでも月の夜には水中に、髪の長い女の白い裸身が、何匹もの大鰻と、ひらひらと泳ぎたわむれているのが見られる、というのである。

博多まで飛んで、帝国ホテルで一泊する。その夜はツインのベッドに、別々に、おとなしく眠った。何もいまさら、という気もしたし、挙式の夜は双方とも疲れているから、むりには行わぬ方がいい、とある婦人雑誌の教えを守ったのである。たしかに顕子は疲れていたのか、ベッドに入るとすぐ、寝息を立てはじめた。そのあどけない寝顔を、阿川は、

(今夜からこの女は、おれだけのものになったんだ。おれを信頼しきって、一生の幸不幸を委ねたのだ。よし、幸福にしてやるぞ)

と考えて、ちょっと感動しながら、眺めていた。

翌朝の国内航空で、鹿児島に飛んだ。一時間たらずでついてしまった。鴨池の飛行場から美しい海岸線を、少し走って、正午まえに市内城山の観光ホテルについた。曇り空だが、暑くてシャツの背が、汗でタクシーのバックシートにくっつきそうである。しかしホテルに隣接した和食グリルは、大きな人工の滝が落ちていて、涼しかった。ここで早い昼食をとって、見物に出ることにした。このあたりは新婚の一般的なコー

スになっているらしく、手をつないで庭の芝生を歩いたり、一望に見わたせる市内や桜島を背景に、写真をとりあったりしている二人づれが、やたらに目につく。桜島は、今日は煙を吐いていない。

二時間ほど走って、大きい湖の前でタクシーは止まった。「池田湖です」と運転手が言いながらドアをあけた。「まず、ここから開聞《かいもん》を見て下さい」

突兀《とっこつ》とした、いかにも南国的な、怪奇な山のかたちが、湖の向うにそびえていた。黒い頂きは雲にかくれていたが、切れ目から金いろの光が、帯のように湖にそそぎ、たしかに神秘的で壮厳な眺めだった。湖を渡ってくる風は涼しく、シャツの背の汗がひいた。

「なるほど」と言って、車に戻ろうとしたとき、傍の小屋に、

「大ウナギ居ります、見物無料」

と看板が出ているのに気がついた。どきり、として、顕子の背を押して、小屋に踏みこんだ。目の高さに、窓ぎわにしつらえられている、ガラスの水槽を見た。

3

唸り声が、喉から洩れた。水槽に入りきれずに身を三つにも四つにも折っている巨

大な化け物が、ぬらり、とした身を揉み、頭を狂おしげに水面から、突きあげ、突きあげしていた。

こんな小さな小屋で、こんなに手軽に見られる、とは思っていなかった。大鰻の長さは一メートル七、八十、重さはこの長さだと二十キロもあろうか。本にあるとおり長さのわりにずんぐりと太い鰻で、体中に黒い斑点があった。まさにカニクイ、Anguilla marmorata に相違なかった。

しかし、教科書では触れていないふしぎな迫力も、この実物の、奇怪な乱舞にはあった。息を呑んで、阿川は立ちつくしていた。原始人の彫刻や縄文の土器を見るのにちかい、それは心を根底からゆさぶる、異様な力をもっていた。

「うむ」

とあらためてうなったまま、阿川はしばらく、そこから離れられなかった。

「すごいのね。でも、ちょっと気持わるい」

顕子がそう言って、うしろから阿川のズボンのベルトをひっぱった。

「お客さん、モーターボートいかがですか」

と、小屋には船員帽をかぶった、がらの良くない男が二、三人たむろしていたが、その一人がいった。なるほど、ここはモーターボートの案内所らしくて、客引きのために大鰻を置いているのだった。

「うん……」やかましくて、尻の痛いモーターボートに乗る気はしなかったが、ただ見るのも悪い、と思ったので「サイダーでも貰おうか。……この鰻は、どんな料理をして食べるのですか」

「……まあ蒲焼ですな。でも皮が厚いから、まずぐるりと皮をはいで、刺身みたいに作ってから、焼かなけりゃね。皮は脂が厚いから、便所にほうりこんでおいたら、一年や二年は便所に虫が湧かんです。でなけりゃ、大きく切って、ニンニク醬油につけて、ビフテキみたいに焼きます」

「うまいかね」

「まあ、ウナギちゅうよりは、ブタ肉みたいなもんですな。そんなにうまくはないが、珍しいだけがとりえですな」

「これは、わけてもらえないのかね」

「このウナギは、上の水族館から借りてきて、夜になったら返しているんです。だからこいつはだめだけど、他の店のは自分でつかまえて見世物にしているから、相談次第だね」

そういえば、窓から見ると道路をへだてたすぐ上には、ドライブ・インがあり、いっしょに水族館の看板が出ていた。あわててこの店に入ったので気がつかなかったのだが、湖畔には何軒も同じような小屋があって、「大ウナギ公開中」とか「名物オバケウナギ。どうぞお入り下さい」とか、赤いのぼりやペンキ塗りの看板が並んでいるのだった。どの小屋も、新婚らしい二人づれがたかって、のぞきこんでいる。

「どこか、この近くの宿屋で、食べさせないかね」

「さあ、たまたまとれたときならともかく、いきなりじゃむりでしょうな。でなければ、どこかで買って、持っていって、料理してくれ、と頼まれることですよ」

「わけてもらうとして、いくらぐらいだろう」

「さあ……。何年も飼って弱って、死にかけた奴は、二、三千円だが、とれたての奴は」ちょっと、欲の深そうな顔になって「二、三万円貰わないとね。何しろ蒲焼にすれば、百五十人前はあるんだからね」

「うわ、百五十人前」と、顕子が大げさな声を出した。

「二、三万かあ……、ちょっと痛いな」

蒲焼は大好物だから、阿川は量には驚かなかったし、そうした大量の鰻を相手に悪戦苦闘するのは、むしろ心楽しい想像だったが、一回の食事にこの費用は、いささか手痛かった。

「じゃ、サンドイッチマンをしたら」と顕子がふざけていった。

「背中に、大ウナギを食べましょう、ワリカンの仲間求む、と書いて、チンチンドンドン、はやして歩くのよ。あたし、あとからついていってあげるわ」

「いっそ、どなって歩くか。御新婚の皆様、一生一度の旅行をよりハッスルして楽しくすごすために、大ウナギを食べましょうって」

ほんとに、そうしてもいいような気持になっていた。わざわざここまできて、特産のアンギラ・マルモラータの味を、知らずに帰るのは、残念だった。

「でも、一人も参加しなかったら、みっともないわね。あたしが言ってあげましょうか。大ウナギ食べる人、この指、とーまれ、って」

そのとき、隅の腰掛けにあぐらをかいて、楊子で歯をつついていた、別の小屋のモーターボートの運転手らしい男が、ぽつりといった。

「そういや、さっきも同じことを言ってたお客がいたな。ワリカンで食う仲間はいないだろうか、って。そんなことといったって急にはみつからないから、あきらめて行っちゃったけど」

「何時間ぐらい前ですか」

「モーターボートで一周して、いま降したところよ。ほら、ちょっと、あそこの三人づれ。あの人たちですよ」

　湖をみわたすコンクリートの展望台で、交るがわる望遠鏡をのぞきこんでいる、中年女と、十七、八歳の華奢《きゃしゃ》な青年と、三十ちかい、がっしりした青年の三人づれを、船員帽の男が指した。新婚ばかりの客のなかで、いずれもアロハを着込み、サングラスをかけたこの三人はたしかに、ちょっと変った雰囲気だった。ハワイあたりからの観光団、といった感じもした。

　とっさに、阿川は決心した。大鰻にありつくためには、どんなことでもする決心だった。

「ちょっと待っててね」

　と、顕子に言いおくと、大股で道路に駆けあがった。三人は展望台から、道路においたルーチェのレンタ・カーに向かって、降りてくる。車にのられては面倒だし、大声を出すのも恥しいので、一所懸命に駆けた。やっと間に合った。血相かえて自分たちの方へ駆けてくる男を、三人は足をとめて、けげんな表情で見ていたからだ。

「し、し、しつれいします」と、息を切らせながら、阿川は三人の誰にともなく話しかけた。

「あ、あの案内所で聞いたのですが、ワ、ワリカンで、ウナギを……その、食べたいといってらっしゃった、とかいうことで。それを、その、御一緒願えないものか、と思いまして、私、私の方は、妻と二人ですが」

一気に喋って、胸を抑えた。

ちょっと困ったように、三人は顔をみあわせた。年長の、阿川と同年輩らしい青年は、手の甲にまで毛の生えている筋骨たくましい男で、中年女と顔を見合わせてニヤニヤしながら、

「まあ、そんなことも言いましたけれども、要するにウナギですからね。強いて食べることもないだろうと考え直して……」

「それに」と、キンキン声で中年女が言った。恐ろしく派手なアロハを着ていて、大きな尻をスラックスで包み、サングラスは金縁である。「あんまり美味《おい》しくない、といいますしね。物好きも度が過ぎちゃいけませんよね」

何だか、たしなめられている感じがした。落胆して、阿川はがっくりと頭を垂れた。

「そうですか。……それじゃ止むを得ません。残念でしたが。……失礼しました」

毛むくじゃら青年と中年女は、外人みたいな身ごなしで、横柄《おうへい》にうなずき、阿川はちょっと屈辱感を覚えて歩き出そうとしたが、そのとき、いままで黙っていた若い方の青年が、

「ちょっと待って下さい」

と、阿川を呼びとめたのである。涼しい、よく透る、鈴のような澄んだ声が思いがけない感じだった。

4

「鰻がお好きなのですか」

と、その青年は阿川に聞いた。その態度は丁寧ではあるが、何となく目下のものに喋りつけているような感じだったので、阿川はつい、

「はい、大好物でございまして……」

と、卑屈に答えてしまった。

すると少年は、母親の方をむいて、甘えた口調で言った。

「ママ……ぼくも急に、大鰻が食べたくなっちゃった」

すると、ママ、と呼ばれた、たぶん母親らしい中年女は、たちまちとろけそうな顔つきになって、あっさりと意見をかえた。

「そうお、じゃみんなでいただきましょうよ。せっかく来たんですもの。記念になる

わ」

「玉木《たまき》」と、青年はこんどは言葉つきを変えて、毛むくじゃら男を呼んだ。「お前も食べたいだろ」

「はいッ、玉木も食べたくあります」

と、毛むくじゃら男は、まるで上官に呼ばれた新兵みたいな返事をした。

「それでは」と、美しい、若い方の青年は阿川をみつめながら言ったのだが、その視線が女以上に甘やかな媚《こび》をふくんでいるのがサングラス越しに伝わってきて、阿川は背筋がぞくぞくとした。少年愛の傾向はまったく欠いている彼だが、それでも決して、悪い感じのものではなかった。

「御一緒いたしましょう。しかし、すぐに食べるのは無理ですね」

「はあ、無理だ、と思います」

「今夜は、どういう御予定ですか」

「観光ホテルが満員だったので、頴娃《えい》のレスト・ハウスに宿をとったのですが」

「私どももそうざますの」と、打ってかわった愛想の良さで、ママ、と呼ばれた女が口をはさんだ。「いまはちょうど、御新婚で満員で、ずいぶん前から予約しとかないと入れませんのよ。……おや、そちらさまも御新婚ですの。それは、どうもどうも、おほほ」

待ちくたびれた顕子が近づいてきて、例によって阿川のベルトをひっぱったので、中年女はとってつけたような愛想笑いをした。

「さっき聞いたのですが、池田湖のそばでは、大鰻を食べさせる店はないそうです。この、少し東側に、鰻池というのがあって、そこの料理屋で食べさせるかもしれません。あなたがたが御覧になった大鰻も、池田湖ではなくて、鰻池で取れたのだそうです。鰻温泉、という温泉も湧いているそうですから、まずそこへ行ってみましょうか。そこで駄目なら、今夜泊る頴娃のレスト・ハウスに連絡をとって、明日の朝でも食べさせてもらうように、いたしましょうか」

「ええ、それで結構です」

と、この青年がまだ若く、ちょっとなよなよしているくせに、見かけによらずてきぱきと片附けてゆくやり口に感心しながら、阿川は答えた。

「私どもの車は五人乗れますから、よろしければ御一緒いたしましょう」ちょっと恥じらったさまが、ひどく快いものに、阿川には感じられた。「ぼく、中村逸也《なかむらいつや》と申します。……こちらは母、こちらは、マネージャーの玉木です。よろしく」

「こちらこそ。私、阿川と申します。妻の顕子です」

タクシーを帰し、ルーチェのバックシートに、阿川をはさんで逸也と顕子がのり、前に玉木と母親が坐って、まず鰻池に向うことになった。

顕子はすっかり固くなって、ろくろく喋らなかった。気に入れば極端に打ちとけて、いつも行きすぎてしまうが、はじめは極端に人見知りをする性質《たち》なのである。

さきの大鰻がとれた、という鰻池は、山にかこまれてしずまりかえった、小さいが変に不気味な湖だった。池田湖よりも、ここなら湖底に、ネス湖の怪物のような大鰻がひそんでいても、ふしぎではない感じがした。細い道を曲りくねって入った突き当りに「うなぎ山荘」と看板を出した小さな旅館があり、運転していた玉木がおりて、玄関で何ごとか交渉していたが、やがて引き返してきて、

「だめでした。……急に申し込まれても、都合がつかないそうです」

と報告した。

「それじゃあ、やっぱり頴娃のレスト・ハウスに頼みましょう。だが、その前に、一緒にあちこち見物しませんか。どうせ夜は、頴娃まで御一緒するのですから」

薩摩半島南端の長崎鼻は、そこから二十分ほどだった。雲はますます低くなって、開聞岳は麓しか見えなかった。古代の遺跡を模した売店でパッション・フルーツのジユースをのんだが、甘ったるくてぜんぶは飲めなかった。海岸の茶屋で、音楽をスピ

ーカーで流しているのが、耳障りだった。

道の両側には土産物屋が軒を並べ、どの店にも何匹もの海亀を、剝製にしてかけてある。小さいのは五、六千円から、大きいのは三、四万円もする。

「どういうものですかねえ」と、母親の中年女に、阿川は話しかけてみた。「あんなものを、何万円も出して部屋にかけておく人の気がしれませんね。悪趣味だと思うんですが」

「あら、そうざあますかしら」と、中年女は面白くなさそうに答えた。「宅でも二つほど、応接室においてございますけど。豪華で、結構じゃございませんかしら」

しまった、口は災《わざわ》いのもとだ、と思う間もなく、逸也が口をはさんだ。

「ぼくも、阿川さんと同じ意見よ。いままで黙ってたけど、あんまり好きじゃなかったの。さっきから阿川さんと、ずいぶん好みが合うみたい」

「おや、そう」と、母親はたちまち豹変して答えた。「じゃ、帰ったらさっそく外しましょうね。ほんとにそうね」

(何が何だか判らない母子だ)と、ちょっとうんざりして、阿川は考えた。

「あとは、大して見るものもありませんね。頴娃に行くにはまだ早いし、いっそ指宿《いぶすき》へ回って、ジャングル風呂へでも入りますか」

「ジャングル風呂ってのは面白いの？」

と、阿川が答えるより先に、ようやく慣れてきた顕子が叫んだ。

「行ってごらんになれば、お判りよ」と、中年女がちょっと、つんつんした口ぶりで言った。だんだん顕子が地金を出してはしゃぎだし、遠慮も気がねもなしに振舞うのが、この女は、気にさわるらしかった。

5

観光ホテルのジャングル風呂には、券を買えば、宿泊客でなくとも入れた。男三人と女二人は別々の脱衣室にわかれて、タオルだけ体にまいて中に入ったが、長い暗い廊下で、また五人がいっしょになった。入口は別々でも、中は男女混浴らしかった。

ジャングル風呂は、各種の熱帯植物が鬱蒼《うっそう》としげった巨大な温室のなかに、無数の温泉が湧いているだけのものである。女も多いが、さすがに浴槽を出るときには体をバス・タオルで巻いている。中には水着を着ている若い娘もいるが、いささか意識過剰だと思われる。パパイヤ風呂、レイシ風呂、海藻風呂、などは温泉にそうした品物が浮かされているのである。熔岩風呂は、浴槽が熔岩で組まれ、寝台風呂は湯のなかに、寝るのにちょうど良いくぼみがついている。

顕子と手をつないで、阿川は次から次へと、いろんな風呂に入った。薄暗く植物が葉をひろげ、蒸気も濛々《もうもう》としているので、お互いの体もはっきりとは見えなかった。何だか天地創造の原始の世界に、初めてあらわれた人間として、のびのびと戯れているような気がして、愉快でさえあった。海藻風呂にはホンダワラみたいな海藻がういていて、ぬるりと体にまといついた。

「うわ、くすぐったい。でもいい気持」

「ウナギ風呂があったら面白いね」

「キモチ悪い。あんな大きいのがヌルヌルしている中に、とても入れないわ」

滑り台風呂、というのがあった。コンクリートの滑り台に湯が流れて、そこを滑りおりて湯に落ちこむ仕掛になっている。顕子が上にのぼったとき「あ、ここにいらっしゃいましたか」といいながら、砂蒸し風呂に行っていた逸也たち三人があらわれた。

ほっそりした色白の腰に、逸也はタオルをまいている。肌はなめらかで、女みたいである。その母親もバス・タオルをロッカーに忘れてきたと見えて、玉木から召しあげたタオル二枚で、肥ってころころした体を、辛うじて隠している。一糸まとわずぼんやりと立っている玉木は、痩せぎみだが毛深い、筋肉質のみごとな体軀で、阿川はちょっと、劣等感と心配に襲われた。いかにも青白いインテリ風の自分の肉体を、滑り台上の顕子に比較されたら、と考えたのである。

しかし顕子は、入念に腰にタオルをまき直していた。足をそろえて、滑りおりる体勢をととのえた。少しずつスピードが早くなった。

悲鳴が上った。スピードがつくにつれ、腰のタオルがめくれ、怖さのあまり、そろえた形の良い脚がすっかり開いてしまったのだ。阿川のよく知っている部分がはっきりと見え、たちまち湯しぶきをとばして滑り入ったが、しぶきは他の三人の目にも入ったにちがいなかった。

「まあまあ、元気の良いお嫁さんだこと」

と、吐きすてるように中年女は言った。

そのあと、玉木と阿川が、かわるがわる滑った。しかし二度めには勢いがつきすぎて、尻の皮膚がひりひりした。「赤くなっているだけです。血は出てませんよ」と、逸也が丹念に見て、教えてくれた。

「混浴って、面白いわね、案外」

と、顕子が目をキラキラさせて、言った。天窓の上の空がしだいに暗くなって、お互いの表情もはっきりは見えなかったが、彼女が昂奮し、だんだんいつもの、とめどなさのなかにのめりこんでゆくのが判って、阿川はちょっと、困ったな、と思った。

気泡の噴き上る浴槽に入る。玉木が、浴槽のふちに腰掛ける。その腰や腿は、首まで浸っている顒子や中年女の、眼の位置にある。とつぜん顒子が上ずった声で、

「あたし、他の男のひとの、ここを見るのって、始めて」

というと、手をのばして玉木の肉体の、どす黒く成熟した部分を握ったのだ。玉木はさすがにおどろいた顔をし、物問いたげに逸也を見た。逸也はつつましく目を伏せて、見ていなかった。

「何という……ほんとに近ごろの若い人は……ほんとに何という……」と、あきれはてて中年女がくりかえしていた。顒子は涙をためて、けらけらと笑っていた。（ちょっと欲求不満かな。このところ欠かしていたからな）と阿川は思った。

なおもはしゃいでいる顒子をこっそりたしなめようか、と思ったが、そうすると反動的に自虐的になり、泣き出して、東京へ帰る、といいかねないので、それは止めた。

ルーチェで、まっすぐ顒娃へ向った。さすがに疲れたのか、顒子は阿川の肩にもたれて眠りはじめたので、ほっとした。これも初めは、自分は逸也と玉木にはさまれて後ろの席に坐りたいから、阿川に前に行け、といいだして、彼はなだめるのに苦労したのである。

顯娃のレスト・ハウスは、長く突き出した岬と、海水浴によさそうな美しい入江を見わたす丘の上にある。到着したときは夏の落日が海に入り、海の向うの開聞岳がさいごに燃えあがった、まさにその瞬間だった。涼しい風の吹き通るテラスでたっぷりとそれを眺めてから、部屋に入った。

白髪の板前が、頭をかきながら挨拶に来た。

「お電話で御注文になった大鰻は、手に入りますけれども、明日になりますが……」

「今夜は何がありますか」と逸也が聞く。

「ここは伊勢海老が名物なので、今夜はそれをたくさん用意しておきましたが。……それから、夜釣りに行かれるとのことで舟を用意しておきましたが、御食事が済んでからでも」

「どうも有難う」

やがて伊勢海老の活作りや、煮つけたものが出る。名物だけあって、身がよく締ってうまい。はじめはビールを飲んでいたが、ぬるく燗《かん》をつけた薩摩焼酎は、慣れると独特の臭みがかえって好ましい。いかにも完全な自然物、という感じがして、日本酒より抵抗なく飲めるのである。といっても、逸也は、顕子とおなじく、アルコールはぜんぜんだめらしくて、一滴も口にしなかった。

伊勢海老を二つに割り、切り口に味噌をつけて焼いたものが出る。焦げた味噌は甘く、香気があって、口のなかでころがすと飴のようである。真っ白な肉にも味噌がしみて、海老料理ではちょっと類のない味である。

「この料理、あれですかしら」

と、中年女が壁を指した。誰かの色紙がかけてあって、

活きながら割きて味噌塗り焼きし海老喰らひ居る我いま薩摩びと　鴻一郎

とある。

「そうらしいですね。だが、向うのは」

声を出して、阿川はもう一枚の色紙を読んだ。

六尺に余れる鰻身をもだえ狂ひに狂ふ嵐近づく　鴻一郎

と、それこそ躍り狂うような字が記してある。

「このへんにも大鰻は多いんですか」

と、阿川は年取った女中に聞いてみた。

「はあい。夜なんか海の中に、大きいのが棒みたいに泳いでいて……」

「海にいるの」

「はあい」

「じゃ、今夜の夜釣りは楽しみだな。大鰻がかかれば、高い金を出して買わなくてもいい」

と、阿川はすっかり上機嫌になって、言った。

女二人が釣を辞退したので、エンジン附きの小舟には船頭と玉木、阿川と逸也だけが乗った。薩摩焼酎が利いて、体が熱っぽかったので、浴衣に吹きこむ海の涼しい風は快よかった。むろん適当にあたためた魔法びんの焼酎も忘れなかった。

軽くエンジンを響かせて、暗い沖に出る。月はまだ出ていず、空は満天の星である。船頭は艫《とも》に、玉木は舳《へさき》に行って釣りはじめたので、胴の間は阿川と逸也だけになった。

「お酒、ずいぶんお好きですね」

浴衣に帯をきちんとしめた逸也が言った。サングラスを外して、一段と美しいその顔がちらちら、絶えずゆれて見えたから、阿川はかなり酔っていたにちがいない。行儀わるく片肌ぬいで、阿川はコップをあおりながら、

「ええ、今夜みたいに気分のいいときは、格別うまいですな」

「明日の朝が、お楽しみなんでしょう」

「たしかに、それもあります」

「何でそんなに、鰻がお好きなんでしょうね」

「さあ……」阿川は絶句した。たしかに好きだ。漠然と魅《ひ》かれていることは事実だが、なぜか、はわからない。酔っていて、頭もかなりぼうっとしていた。

「鰻には」と美しい若者は言った。「何かしら、強いいのちみたいなものが感じられるからじゃありませんか。原始的な、生《なま》のいのちのエキスというか、精みたいなものが」

「なるほど」と阿川は感心していった。「たしかに、そうかもしれないな。鰻の強い生命力の感じが、私を魅きつけていたのかも……」

「今日、鰻がお好きだ、と聞いて、私、急に阿川さんとお話がしたくなったのです。鰻を一緒に食べるために、息を切らして駆けていらしたお姿を考えて、ああ、この方はほんとうに鰻が好きなのだな、と思ったのです。すると私は、何だかあなたになら、私の話を聞いて、理解していただけそうに思えました。というのは、私も昔から、鰻と深い因縁があるからです。……お酒の肴に、聞いて下さいますか」

「喜んで」と、私は興味をそそられて、コップを置いた。酔いのあまり、美しい若者の姿は伸びたり縮んだりしてゆらめき、これ以上飲んだら、せっかくの話も耳に残らないにちがいない、と思われたからである。その気持を見ぬいたように、手で軽く制して、若者は話しだした。

6

どうぞ、お飲みになりながら、聞いて下さい。眠くなったら、途中で眠って下さっても結構ですし、お酔いになって、明日、何も覚えていらっしゃらなくとも結構です。……いや、その方が、私はお話ししやすいのです。聞いて下すって、すぐにあとかたもなく忘れて下さる方が、気楽でもあります。

私は、ある歌舞伎役者の、妾の子として生まれました。いま十八歳になります。父はまあ、名門と呼ばれる家柄でしたので、認知はされず私生児のままでしたが、生活に不自由したことはありませんでした。何不自由なく、贅沢に育てられた、といえるのだろうと思います。

赤ん坊のころから、私はとても体が弱かった。医師は、小学校に入るまではとてももたないだろう、と申したほどです。しょっちゅうひきつけたり熱を出したりしていましたが、これは私をいまでも苦しめている、結核の前兆でもあったのです。

周囲が心配して、私は母の里のある、三重県の山奥へ預けられました。ここでいい空気を吸って、のんびりと暮せば、少しは長生きできるのではないか、と思ったらしい。

ここは熊野川の上流で、泳ぎに行く仲間たちに混って滝壺のところに行くと、わきの岩をたくさんの「メソッコウナギ」が、チラチラと光りながらのぼってゆくのが見えました。大変なエネルギイで、長さ六センチほどの仔鰻たちは、ほとんど垂直の壁を、木洩《こも》れ陽を浴びてのぼってゆくのでした。タモで一しごきすると、何匹でも獲れました。それを河原の石にのせ、焼いて口に入れると、淡白ながらウナギの味はしました。

この川で生まれ育った仲間たちは、水中眼鏡をかけ、赤い褌をしめ、銛《もり》をもって、滝壺ふかく沈んでゆくのでした。三度ほど潜ると、一匹は必ず、銛先に成長した鰻を刺して浮かんできた。滝壺の底の穴に、鰻は身をひそめ、顔だけ出して外を見ているのだそうです。こうして獲っても十日もすると同じ穴に、また別の鰻が入っている、といいます。

なめらかな腹から血をにじませた鰻は、谷間の木洩れ陽に光りながら、銛にまといつき、身を結んだりほどいたりしていた。それはいま思いだしても、奇妙に静かで、なまめかしい光景なのです。

朝、早く起きて、まだ靄《もや》のただよっている川に降りてゆく。川には前夜から、ウナギモドリ、と呼ぶ一種のヤナがかけてある。中に鮎を入れて、この竹製の籠を水に沈めておくと、夜のあいだに鰻が入りこんで、出られなくなっているのです。二日も三日も放置すると、竹籠を破って逃げだすから、必ず翌早朝にあげなければならない。引きあげたヤナの中の鰻は、水苔と魚臭の混った、ふしぎに清冽で、生々しい匂いがした。

　夜は、タコ糸に針をつけ、ウグイやハヤの肉をつけて、川底に垂らす。それだけで鰻がかかり、躍りあがり、からみつきながら上ってくる。

　腕に覚えの若者は、キャップランプを頭につけ、銛を持って、川の中を歩く。川底で、ふいに灯りをさしつけられて、ぼんやりしている鰻を突く。この方法で友達は三尺ちかい、たぶんここの大鰻と同じ品種の鰻を、私の目の前で突きとめたことがあります。

　そうして獲った鰻を、私の祖父母は、金を出して買いあつめた。毎日、寝る前に祖母はその一匹の首を切り、逆さにしごいて生き血を盃にしぼりこむのです。それを飲まなければ、私は寝かせてもらえない。鰻の生き血はそれほど生臭くなく、川と、水苔のかすかな匂いがしました。

　長いこと、それはつづいた。いわば私は、おびただしい鰻のいのちを吸って、いまも生きながらえているのですが、そのうちに私には、鰻がしだいに、ただの魚とは思えなくなってきたのです。いのち、いのちの与え手、というよりは川の生み出した、強いいのちそのもの、いのちの精、という感じさえしてきたのだった。生命とは私にとっては、あのぬらぬらした、鰻のかたち以外の感じでは想像できなくなっていた。自分が病弱で、いつ死ぬか判らない、という不安が絶えずあり、そこから逃れるために、鰻の生血を吸う気持は真剣で、祈りのような感情さえあったのです。

もっともこの感じは、私だけではなかったかもしれません。肺病やみに鰻の生き血を飲ませる習慣は、私の村では昔から行われていたらしく、もう一軒、肺病すじの家の美しい娘が、やはり毎夜、生血を飲まされていた記憶があります。

その娘は大分年上だったので、自分で鰻の首を切っては、飲んでいたようです。寝みだれた浴衣すがたの彼女が、鰻の首を切り落し、逆さにしごいて、たらたらと流れる血を口にうけている想像には、ふしぎななまめかしさがありました。私よりさらに青白くやせた美しい娘は、人が寝しずまった真夜中に起き出すと、土間の甕《かめ》の中に手をつっこんで、ぬるぬるとうごめいている鰻を一匹、ほっそりとした手につかみだすのだった。それをいちめんに蘆《あし》の生えている池のそばにぶらさげてゆき、じっと眺めて、にいっ、と笑う。

（お死に。お前のいのちを、私におくれ。私を元気にして、お嫁に行かせておくれ。おまえのいのちの力で、あたしの腕に、男を抱かせておくれ……）

つぶやいてから、首に出刃を押しあてる。ごりっ、と音を立てて、頭を切りはなす。出刃をすて、ぴくぴくと脈打つ胴をさかさにしごき、髪ふりみだして、血を飲みすする。白い喉が、妖しくうごめき……のたうつ鰻を地面にすてて、ふらふらと立ちあがる。口の端に血が垂れ、折からの月光が物すごいほどに、その顔を明るく照らしだす……。

家にあった、草双紙の読みすぎかもしれない。しかし私はいまでも、その光景を、この目で見たことがあるような気がして、しかたがないのです。ともあれ、こうして毎夜生き血を飲んでいるうちに、娘は首を切り落して血を絞るだけでなく、それを料理する腕も巧みになっていったようでした。

鰻のいのちを飲みつづけた甲斐があって、娘はいったんは丈夫になって、町へ嫁にいきました。しかし鰻のいのちから離れて一年もすると、また病気がぶりかえして、不縁になって戻ってきた。川でたくさん鰻がとれて、買い手がないときなど、悪童たちはこの娘を呼び出しては、調理の役を押しつけたものです。

そんな日は、朝から青年や小学生たちが、彼女の家にあつまるのでした。その料理は私にも楽しみで、前の晩、何度もその家の、土間の甕をのぞきにいった。

　何十匹もの鰻たちは水面から頭をもちあげては、重石をした蓋を突きあげていたが、蓋をとり去られると、ひしめいて、身をもだえ、這い出ようとするのだった。懐中電燈に光る白い腹は不気味だったが、ふしぎに心をひきつけるものがあった。甕のなかに腕をつっこんで、私はしばらく、素肌にぶっつかるぬるぬる、こりこりした感触を、じっと楽しんだものです。この間中、私は自分の生命力の希薄さに対する不安から逃れられて、何ともいえない頼もしい感じに元気づけられるのでした。

　出戻り娘というのは、青白い肌がぴんと張り、眼尻に一種の艶のある、痩せてはいるが、よく張った胸と腰に色気のある女だった。

　女は、

「私も、そんなに上手《うも》うは料理《じょう》れんのじょ」と謙遜しながらも、気軽に立ってきて、スカートを下ばきの中にたくしこむと、ほっそりした膝頭をみせて、杉の板切れの前にしゃがみこんだ。

　中ぐらいの一匹を、左手で首のすぐ後ろをつまみ、無造作につかみだす。杉板に横たえ、右手の錐《きり》を、ぐい、と突きさす。遠慮えしゃくのない、適確な手さばきです。みごとに刺しとめられた鰻は、ばたり、ばたり、と板を叩いて暴れる。

女のなめらかな、白い、優しい手が、鰻をつかんだ瞬間、すでに私はふしぎな恐怖を感じていた。間髪を容れず錐でつらぬいたときは、私はまるで自分の肉体が突き刺されたような、痛みにちかい感覚を味わったのだった。左手で尾を抑えながら、女の手がすい、とのびて、とぎあげて鋭く光る小刀をつかんだとき、その理由のない恐怖は絶頂に達した。

事務的に、首のつけ根に刃が入る。ごり、ごり、と音を立てながら、骨から肉がはがされてゆく。私は背筋がぞくぞくし、掌に汗をかいていました。

切りはなした片身を、ぽいとほうり出す。透明な白い肉は、朝の陽を浴びて、まだ痙攣をつづけている。すばやく逆にむけ、錐を打ち直して、残る片身をそぐ。口をあけ、鰓《えら》を開閉してあえいでいる、頭と骨だけの鰻を、目の前の池にほうりこむ。

かすかな血煙をあげて沈む間もなく、鯉が浮きあがって、鰻をくわえて逃げる。他の鯉が追いかける。やや大きい鯉が喰いちぎって、奪いとる。……完全に骨だけになるのに、時間はかからない。早くも女の手は甕の中につっこまれ、つぎの鰻の首根っこをつかんでいる。横たえる。錐を打ちこむ。小刀をとって擬する。

荒い息を私は吐いた。こうした虐殺を、惨劇を、その美しい手につぎつぎと演じながら、出戻りのこの女はまったく平然としていた。いや、それは当然のことかもしれなかった。彼女はただ、料理をしているだけのことなのだから。奇妙な感じをもった、私の方がおかしいのでした。

にもかかわらず、彼女の顔にうかんでいる、快よげな微笑は不可解でした。いや、それもおそらく、自分の手さばきの巧みさへの、専門家めいた満足にすぎなかったのだろう。だが私には、その微笑が、何かしら残酷なものに感じられてしかたがなかった。血に飢えた残酷な、妖婦のそれのように感じていたのだ。おびただしい犠牲をつぎつぎと切り裂き、その生命をうばい、血のなかで陶酔する、大淫婦の喜び……。

小気味よさもたしかにあったが、それだけではなかった。自分がいま、はっきりと性的な感情で、出戻り娘の手さばきに酔っているのを、私は知っていました。といっても、この衝動は、どう解決のしようもなかった。

残った小さい一匹を、私は特に割かせてもらったが、ぬめぬめ、ぬらぬらと逃げまわる鰻は、つかむだけでも、なるほど、一苦労だった。ようやく錐を打ち、小刀で肉を削ぎ……ひくひくと動き、抵抗する生命を、容赦なく切り裂いてゆくのは、たしかに一種の快感でもあることを、私は知った。むろんその一匹は、骨の方に大部分の肉がついてしまい、役には立たなかったけれども。

大皿に盛りあげられた蒲焼が座敷に運ばれ、青年たちのためにビールや焼酎が抜かれて、宴がはじまる。乱暴な焼きかたですけれども、熊野川の清流にすむ天然の鰻は、さすがに匂いが良く、さっぱりしているのです。憑かれたように、私は貧弱な食欲のかぎり、一しきり、食べに食べた。血だけでなく肉からも、そのいのちを吸収しようとするように。しかし座敷の隅に遠慮がちに坐って、団扇の風を送りながら若者たちの旺《さか》んな食欲を眺めている、娘のしなやかな手をちらと見ると、私はまた、あの悩ましく、しかも怖しいような昂奮が心臓を締めつけるのを感じて、一瞬、食欲をうしなうのでした。

こうした、田舎の生活が体にはよかったのでしょう。中学校に入る年ごろになると、私の体は一応は丈夫になり、東京の母の家に戻ってきました。同時に父の関係で、歌舞伎の世界とのつながりもできはじめました。父としては私をよく観察して、もし素質があれば、歌舞伎俳優として立たせることを考えていたのです。

しかし私のうちの不安は消えなかった。毎夜、鰻の生命をすすり、そのことで明日の自分の生命が保証されたような、夜ごとの充実感と満足感が消えると、私はどうにも落ちつかなかった。自分の生命がしだいに薄れていきそうな恐れがあったが、しかし東京の、店で売っている、養殖鰻の生き血を飲む気には、どうしてもなれなかった。熊野川の清流で鮎を食べて育った鰻だからこそ、それを土間の甕からつかみ出し、池の傍で首を落してすするからこそ、効き目があるのだった。

夜など、ふと目がさめて、自分のいのちの蓄積が尽き、冷たくなって土に埋められていることを想像すると、怖さに叫び出したくなって、とても落ちついて、寝てはいられなかった。私は起き出して、隣りの室で眠っている、母の布団に入っていった。

「こわいんだ、ぼく」

「おお可哀そうに、ここにお入り、だっこしてあげますよ」

それは父が来ていない夜だけでしたが、むっちりとした母の太腿に、私の脚をはさんでもらい、乳房のあいだに顔を埋めて、いい匂いを嗅いでいると、ようやく気が静まるのでした。中学生の息子と、女盛りの母親の共寝は、はた目にはどう見えるか判りませんが、私の感情では少しも不自然ではありませんでした。幼いときから別れてくらしていただけに、母に対しては肉親というより、異性という感じが強く、それでごく自然に、こんなこともできたのかもしれない。

やがて父が死にました。これで私は、毎夜母親を独占できるか、と思った。しかし、そうではなかった。まだ四十九日も済まないころから、父の関係で出入りしていた下っ端の歌舞伎役者が、公然と泊ってゆくようになったのです。あとで気がついたのだが、どうやら彼と母とは、父の生前からひそかな関係をもっていたらしかった。

美しい若者でした。無口で、色が浅黒く、いつも怒ったような表情だったが、ときどき気が弱そうに目が動いた。父の喪も済まぬうちに、ここに出入りすることに気が咎めていたらしいのだが、むしろ母の方が大胆にひきこんでいるそぶりでした。夜おそく来て、人眼をさけるように早朝に帰った。そのころは私は二階に寝かされていたが、便所に立った明け方、母が青年を口説いて「まだいいじゃないのさあ」と、ひきとめているのを聞いたことがあります。

この青年を、私は嫌いではなかった。むっとする若い雄の匂い、あとに残った汗と脂とタバコの匂い、そうしたものは母の女臭さとは違う、別種の生命の匂いだった。朝、起きぬけに玄関に立って、青年の残したポマードや靴の匂いを、朝の空気のなかに嗅ぎつけようと、つとめていたことがあります。まれに顔を合わせると、向うは気弱げに微笑し、おどおどと頭をさげるのでした。私に悪いことをしている、という気持から、彼は逃れられなかったらしい。

だから青年が母のもとに通うことは、必ずしも私は、いやではなかった。かりに私が軽い憎しみを感じたとしても、それは母に対してだった。もっと大きい私の不満は、二人のあいだから私がのけものにされていることでした。自分のいのちの希薄さを夜半に感じ、いまにも心臓が止りそうに、鼓動がしだいに微弱に、微弱になってゆくような感じがし、（ああ、このまま自分は、眠るのと同時に死んでしまうのではないかしらん。誰にも知られないで……）と思うと、寂しさにとても耐えられなくなるのです。

或る夜、私は枕をかかえて起きあがった。はげしい決心も、ためらいもなかった。熟した果実が落ちるような素直さで、階下におりてゆき、母の部屋に入り、眠っている二人の枕もとに立った。二人のあいだに枕をおき、母の甘い、青年のいがらっぽい、汗の匂いのあいだにそっと体を滑りこませた。

母はすぐ気がついた。寝返りを打つと、軽い寝息を立てはじめた。たぶん工合の悪さを、こうしてごまかしたのだ、と思います。しかし私は、そこまで考えなかった。ただ、母から嫌われた、迷惑がられた、憎まれた、と感じたのです。哀しみに身を硬くして、私は息をつめていた。

背後から、熱い腕がのびてきて、そっと私を抱きしめた。眠っている、とばかり思っていた青年が、私を抱いてくれたのでした。はっとして、たまらなく甘えたくなって、私は向きをかえた。母親に背をむけ、青年の腕のなかに身をすくめた。裸かの硬い胸と、小さな乳首と、ざらざらした腋毛と、かすかな腋臭の匂いと、タバコと、汗と……そういったいがらっぽい、おなじみの雄の匂いが、私を包みこんだ。それはふしぎになつかしい、心をやすらがせ、私につきまとってはなれない、例の不安を消してくれる匂いでした。

青年の熱い、汗ばんだ手が、私の背にまわり、しずかに撫でおろしてくれた。鼻をつまらせながら、私はますます青年の厚い胸に顔をうずめていった。やがて青年の手が私の手を握りしめ、そっと下へみちびいてゆき……やがて私は、思いもかけなかった熱さと逞しさと、豊饒さの……脈うち息づいている成熟したいのちそのもの、ともいうべきものに、生まれてはじめて触れさせられたのです。

夜半に、母と青年のあいだに忍びこむことが、それからの私の、習慣になった。私に気づくや母はくるりと背をむけ、青年は待っていたように腕をひろげて、私をかかえこんでくれるのだった。男同士のこうした愛撫が、歌舞伎の世界では珍しくなかったことが、私と青年をごく自然に結びつけたのかもしれない。だんだん私は旺盛な青年の肉の匂いに包まれ、抱きしめられ、そのいのちの象徴を手に感じていないと、夜は過せなくなった。それが、昔、鰻の生血をしぼってすすったような、青年のいのちの力を直接に口にうけたい、わが肉にとり入れ、自分のいのちの養いとしたい、という衝動にむすびつくのに、時間はかかりませんでした。というのも、外形はむしろ、青年の能動的な力を、私があえぎ、濃厚さにむせかえりながら受け入れている、というかたちだったのですが。

そのあいだ中、母親は、ぴくり、とも動きませんでした。

母親と青年の仲が、しだいに険悪になるのは判った。しかし昼間、私にそそがれる母親の愛情は、逆に濃厚になった。この感情が私には判らないが、おそらく母は、私と青年の両方に嫉妬し、両方を愛していたのです。といって、どちらを責めることもできなかった。

一度だけでしたが、こんなことがありました。――いや、実はそれは夢だったのかもしれない。しかし私はありありと覚えているのですが、ある夜、私がいつものように青年の情熱に圧しつぶされ、熱いいのちの力にあえいでいると、とつぜんうしろから、柔らかい掌が、私の腰に触れるのが感じられた。腹に重い頭がのしかかり、濡れて熱い唇に、こんどは私が銜《くわ》えられ……母でした。しかしそれと気づくのは恐ろしかった。気づかぬふりをしたまま、私はやがて果て、かわりに青年の若々しいいのちを、したたかに吸いつくしたのです……。

翌朝、起きたときは三人とも何げない顔をしていて、昨夜のことには誰も触れませんでした。何が起こったかは、三人とも十分に承知しているにもかかわらず。

とつぜん青年は、ふっつりと来なくなり、同時に私たちの、三人共寝の習慣も消えた。しかし私は、年上の逞しく、清潔な若者のいのちをすりこむ喜びを、そのときの満たされた感情を、まだ忘れかねていた。

その気になれば私の交際範囲に、相手役に事欠きはしませんでした。私がほっそりしていて、まあ美しかったことも役に立って、誘いの手も多かった。私と母親は、昼間は依然として、母子の間としては濃厚すぎる愛情を押しつけあっていましたが、あの夢に似た愛撫は二度となく、母の寝室に私がしのんでゆくこともなかった。はっきり申して、私の、母に対する感情が、だんだん同性の嫉妬に近くなっていったのはふしぎです。

そのうちに私の身の上に、変化が起きました。俳優としての素質は、私にはなかったが、かわりに声のいいのと、音楽の才能を認められて、あるレコード会社から歌手として売り出されたのです。芸名は申しませんが、いくつかヒットもあり、グループ・サウンズが流行する前は、若い娘たちのあいだにはかなり人気が出ておりました。マネージャーも雇いました。母と私の、暗黙の意見の一致で、逞しい、動物のような精気に満ちた若者を選んだ。しかし一年もたたぬうちに、痩せおとろえて辞めていった。

私の歌手生活は、長くはつづかなかった。声をはりあげる習慣やむりなスケジュールがたたって、胸の病気が再発したのです。グループ・サウンズの人気が出て、レコードの売れゆきも落ち目になった。もともと、財産はあったから、キャバレー出演までして歌手稼業にしがみつくこともなかった。いまはきれいに足を洗い、何代目かのマネージャーと母とで、日本中の温泉をまわって、気ままな療養生活をしているのです。

しかし私の健康は、はかばかしくありません。いまは小康を保っているが、いつ悪化するか判らない恐れがあります。いまのマネージャーの玉木と、私と母とがどういう関係にあるかは御想像にまかせますが、彼もやはり私にも母にも必要な、いのちと快楽の与え手にはちがいないのです。いずれは彼も痩せほそり、血を絞られた鰻のように、旺《さか》んな男の生命力を吸いつくされてゆくのにちがいありません。そうなっても、むろん、代りはいくらでもありますが、そのあとまで私が、生きていられるかどうか……。

7

ふっと、若者は言葉を切った。海は暗く、漁《いさ》り火はちらちらとして、月光と集魚灯の反射で、胴の間には若者の顔だけがほの白く浮かんだ。船頭と玉木はそれぞれ艫と舳で釣りに熱中しているらしく、声も立てない。

妖しい笑いが、若者の面《おもて》に浮かんだ。酔いで視線は定まらなかったが、何ともいえぬ不気味さに、阿川はぞっとした。とつぜん、若者が彼におそいかかり、彼の首筋に尖った歯を立てて、生血を吸いとりに来そうな恐怖にとらわれたのである。

そのとき、船頭が叫んだ。

「お客さん、大鰻、大鰻」

集魚灯の灯りのなかを、丸太のように太く、黒いものが横切った。と、たちまち暗黒のなかに逃れ、月に輝く海面に丸い頭がぬっと突き出された。昼間、池田湖の水槽で見たときより、それはさらに不気味で、幻想的な生命力にみちた姿だった。

若者が、つと立ちあがった。みるみる浴衣をぬぎすて、白い裸身を月光にさらした。嘘のように小さい水しぶきをあげて、水中に飛びこんだ。ひらひらと、月のさしこむ明るい海中で、その肉体が躍った。

たぶん阿川は酔いすぎていたのだ。一糸まとわぬ若者の裸体に、黒い、太い大鰻が身をすりよせ、からみついた、と見えた。口と口を合わせ、人と魚は楽しげに戯れ、身もだえし、離れ、まといつき……飽きることなく狂気の乱舞をつづけているのだった。あたたかい、練りあげた寒天のような海の中で。

いちどに酔いが発して、阿川には何も判らなくなった。

その夜は、ふしぎな夢がつぎつぎと阿川をおとずれた。レスト・ハウスの、海に面した部屋で阿川は顕子と眠ったのだが、海中で鰻と踊っていた若者は、いつか女の姿となって、よく見るとそれは伝説にある、鰻の仲間に入った蛇使い女なのだった。かと思うと、明けがたにすさまじく海鳴りがし、障子を突きやぶって、樽ほどもある巨大な鰻の頭がぬっと部屋にさし入り、寝顔をのぞきこんだりした。

——正午になって、阿川と顕子は目ざめた。今日も曇天で、いまにも雨が降りそうだった。

二日酔いで痛む頭を抑えて、顔を洗い、広間に行った。待ちかまえていたように板前が、布巾《ふきん》をかけた大皿を、重そうに運んできた。女中が二人、やはり同じような大きさの皿を持ってくる。ふっと阿川は、夢うつつのうちから、部屋にただよっていた香《かぐ》わしい匂いのことを思いだした。大鰻を開いて蒲焼きにするところから見たかったのだが、あとの祭りだった。

布巾をとると、おびただしい鰻が盛りあがっていた。串を使わずにオーヴンで焼いたと見えて、平均に焦げて、並んでいた。一口も食べない前から、阿川はうんざりした。

「何人前ぐらいありますか」

「さあ、それはとくに大きかったですから……二百人前はありますか」

覚悟をきめた。注文したものは食べなければなるまい。食欲は少しも感じられなかったけれども。

「昨日の、三人連れの連中を、起して下さいよ。いっしょに食べる約束だから」

「あ、あの方たちは、今朝早くお発ちになりました。鰻はお二人で、召しあがって下さい、ということです」

体中から、阿川は力が脱けてゆくのを感じた。阿川は顕子にすがりつくような目をむけた。

「どうする、お前」

顕子はとたんに不機嫌になった。無意識にもせよ、何かのアヴァンチュールを期待していたのだろう。口惜しそうに、目をキラキラさせながら、

「どうするって、食べなさいよ。自分で注文したんでしょ」

「だって、あの三人は……」

「逃げられたんでしょ。間が抜けてるからよ。酔っ払っちゃってさ。何でももっとしっ

かり、見張りしとかないのよ。せっかく楽しかったのに……自分の責任よ。食べなさいよ」

おずおずと、一きれを阿川は口に運んだ。とたんに何かが胸からこみあげてきて、吐きそうに、なった。とつぜん、我慢できなくなったように、顕子が飛びかかって、阿川を畳に押し倒した。胸の上にまたがった。

「食べられないの。駄目よ。ぜんぶ食べなきゃ。新婚旅行なのに、あたしに見むきもしないで、鰻にばかり夢中になって。……そんなに好きなら、食べろ、食べろ。鰻を食べろ……大好物じゃないの」

言いながら涙を流し、手づかみで、鰻の大切れを、阿川の口に押しこむのだった。

魔楽

1

西鶴の『好色五人女』はすべて当時の世間によく知られた、男女の愛の実話集であるけれども、さいごの「おまん源五《げんご》兵衛《べえ》物語」のなかにはわずかながら、男色の具体的行為の機微に触れた文章がある。

「衆道《しゅどう》は両の手に散花《ちるはな》――情はあちらこちらの違ひ」のくだり、好色女のおまんが、男色《なんしょく》好みの源五兵衛入道の庵室に、美少年に姿を変えて訪れる描写で、すっかりだまされた入道が、

……息づかいを荒らげて、袖口から手をさしこみ、肌に触れ、褌をしめていないのを知って不思議そうな顔つきをするのもまた可笑《おか》しい。つぎに鼻紙入れから何か取出して、口に入れて嚙《か》み浸しているので、

「何をしていらっしゃいます」

と問うと、入道は顔を赤くしてそのまま隠した。これこそ男色の道で「ねり木《ぎ》」と

いうものであろう。おまんはさらに可笑しくなって……

というのだが、この「ねり木」というのは『枕文庫』の「練木之法」によると、鶏卵白味、葛粉《くず》、布海苔《ふのり》からも作れる、とあり、これなどは原料からしてもいかにもぬらり、ねっとりしたものができあがりそうな感じがする。

物語の舞台は田舎《いなか》の薩摩だから、源五兵衛入道の使ったのはあるいはこうした自家製品だったのかもしれないけれども、多くはこれは黄蜀葵《とろろあおい》の根を乾し砕いて製した散薬で、京都宮川町の薬店や、江戸湯島天神下伊勢七という薬店から「通和散」という商品名で、京・大坂・江戸の三都に売り出されていた。黄蜀葵は紙漉《かみすき》に用いられるねりの原料で、その乾燥粉末を口中でよく嚙み、唾液《だえき》と混ぜあわせ、舌で十分にこねくりまわす、というのだから、使用直前の状態の、ぬるぬる、べたべた、ねとねとした感触にかけては、前記の卵白や葛粉や布海苔にはるかに優《まさ》ることは、想像に難くない。

さて、通和散をどのように使用したかは、『野郎絹ぶるい』でおなじ品を「安入散」の名で紹介していることからも容易に推測できるであろうけれども、女性と愛を営むときは無用のそうした粘液性物質が必需品だ、というのは、やはり男色の具体的行為がそれだけ大変であることの証拠にちがいない。京都の醍醐寺三宝院には『稚児《ちご》草子《そうし》』と呼ばれるすぐれた絵巻物が秘蔵されており、これは仁和寺の高僧が美しい童《わらべ》に恋したものの、老齢の肉体がなかなか思うようにならない、そこで童は中太という下僕に手つだわせ、さまざまの手だてをつくして老師の想いを遂げさせる、という思いやりにあふれた当時の美談であるけれども、中に童の、

その丁子《ちょうじ》を筆にたふたふとそめて五寸ばかりひねりいれよ

という科白《せりふ》があり、中太に命じてわが臀部《でんぶ》に丁子油を塗りこませていて、老僧を迎えるにはことに十分な潤滑の必要があったことが判るのである。

しばしば魅力的な臀を見せつけられる下僕は愛欲の心に耐えかねて、ついに主人である童とただならぬ関係に落ちるのであるが、こうした美童をめぐる同性愛関係は、僧房ではごくごく普通のことだったらしい。粘菌学者・南方熊楠《みなかたくまぐす》はその書簡のなかで、高野山の一僧があまり男色に熱中するので、仲間の僧が悪戯心《いたずらごころ》を起し、例の通和散の中身を唐辛子とすりかえて、その結果大騒動になった話を紹介している。

南方随筆はまた、十二、三の少年を若衆とか蔭間《かげま》とか舞台子とか呼ばれる、受身の職業者にしたてあげる方法を考証しているけれども、それによると少年はまず布海苔を塗ってすべりをよくした木の棒を挿入《そうにゅう》され、毎日少しずつ、それを太くされる。そのために炎症を起し、糜爛《びらん》することもあるので、患部に灸を据えて治療する。大ていの大きさには耐えられるようになってから、はじめて客に供されるのであるが、どん

な美少年も二十を越すともう商品としては通用しなくなる。武士だといままでの弟分を止めて、あらたに弟分を年少者のうちから求めるのである。

　こうした関係の能動者である念者の感覚については、女性を相手にするときと本質的に変らぬであろうと想像がつくけれども、受動者の稚児、若衆の方には、はたして快美感があるのだろうか。いままでのべたようなさまざまの潤滑剤や、特殊な訓練が必要なくらいであるから、当然いくばくかの苦痛はあるにちがいない。そしてその苦痛についてのべた小話のたぐいはいくつもあるけれども、快美感について書かれた文章は、私は知らぬのである。いや、『男色十寸鏡』では、受身の若衆の方には愛欲の心――これは快美感と解していいであろう――は決してない、とまで明言して、つぎのように説明している。

「衆道では外から若衆の顔が美しいとか、情が深いのを聞いて艶書《えんしょ》をつけると、若衆の方はその相手の心をよくみきわめて、恋い合うようになるのである。一度誓約をかわし、二世を約したからには、生死を共にし、一夜の情に百年の命も惜しまない。それにくらべて女の男を慕う心は、自分の内側から湧くさかり心であり、我執の色欲であり、わが快楽のために色気をふくんで男に対するのである。ゆえに女の色仕掛にであう男も、女のその内心を知ったら、一向に有難くはないはずである」

いつか私は、若い女性を相手に、その実験をしたことがある。なるべく痛みを感じさせぬように注意して、あとでその感覚を聞いてみたところ、

「そうね。苦しみや不快さが八十パーセントに、快美感が二十パーセントぐらいかしら。それもほとんどは、愛する人のために辛いのを我慢している、という心理的なもので、肉体的な悦びはもっと少かったんじゃないかしら。やっぱり、いつもの方がいいわ」

ということであったから、おそらく十寸鏡の説は正しいのであろう。

しかし外国の文献には、受け手の肉体的悦楽について語っているものもある。『古代文集』第十五巻のなかで、コエリウス・ローデイギヌスは、こう述べる。

「われわれは、稚児《ミニオン》がこの恥ずべき行為を受けて、きわめて大きな快感を体験することを知っている。たとえば、宦官《かんがん》などに見られるように、性器へ通ずる精管が麻痺しているとか、その他の理由で精管が正常でない人々にあっては、精液は源の方へ逆流する。もしこの精液が非常に豊富であれば、大量に蓄積され、したがってこの蓄積された部分に摩擦を求めて止まない。こんな状態にある人々は、なによりも受動者の役割を求めたがる」

たしかにナチス・ドイツの強制収容所では、ユダヤ人男性から実験用の精液を採集

するときは、クランク状の棒を直腸に挿し入れ、それを回転して、直接に精嚢を刺戟した。

とはいうものの、ローデイギヌスの挙げた例は精管異常のケースであり、精液を放出する場合にもたいていの男性は、もっと容易で快適な方法を選んでいることは言うまでもない。したがって私は、男色の受身の状態にあたって激しい快感を覚えるというのは、やはり神経なり器官なりの一部に異常な発達を見せた、例外的な少数者であろう、という考えに傾いているのである。

しかし、明治以前の日本で猖獗《しょうけつ》を極めた男色の、受身の少年たちは、決してそうした例外者、少数者ばかりではなかっただろう。現代でこそ男色者たちは、日かげの花の感じで忍びやかにしているけれども、江戸時代までは男色は誇らしく、女色こそむしろ恥ずべきことだった。

とくに、武士の世界についてはそうだった。主君に対する家来の忠義に、男色による奉仕がふくまれているのは常識だった。立身出世をするためには何をおいても、まず主君の寵童として肉体を御用に立てるのが早道であり、事実江戸時代において異常な栄達をとげた武士は、ほとんどが御小姓上りだった。主従のみならず同輩のあいだに「念友」の関係はひろく結ばれており、義理や心中立の観念もからまって、〝武士道とは男色と見つけたり〟と言いきってもおかしくないありさまになった。

女色を禁じられている僧侶も、男色は大目に見られ、どのような高僧が稚児狂いをしても、少しも奇異だとはみなされなかった。町人も争って蔭間・野郎を買い、青少年の俳優は例外なく肉体を客に売った。はじめて日本に来た宣教師が驚き怒って本国に報告したとおりの、公然たる男色天国の状態が明治維新まで続いたわけだった。

衆道がこのように社会的風潮であり、賞讃さえされるたしなみである以上、その経験をまったく持たぬ青年のほうがむしろ珍しかったかもしれない。彼らはもとより普通の神経組織を持った人間であり、とすると受身のその感覚は、先の実験結果とおなじく、八割の苦痛と二割の、それもほとんど精神的な快楽、ぐらいがせいぜいであったろう。

ここで先の『男色十寸鏡』が触れた念者と若衆の内部に、もう少し立ち入ってみると、以下のようになろう。若衆は念者の熱心と愛情、心意気にほだされて、念者の快楽のために苦痛を耐えしのぶ。するとつぎには愛するもののために苦痛を忍んだという満足感、自分の払った犠牲の大きさに対する執着が、かえって相手への執着を増すようになる。一方念者は、若衆が苦痛に耐えて自分の快楽に奉仕してくれた、と思えば、いっそう愛しさも増すであろう。自分も大げさに悦び、さまざまのサーヴィスを要求する女に対するときとは、感謝も愛しさも思いやりも労わりもくらべものにならぬのである。

こう見てきてはじめて、江戸時代のおびただしい男色関係にみなぎっている、異常なまでの精神性が理解できるのではあるまいか、と私は思う。念友との約束は絶対であり、不貞や不名誉はすべて死によってのみつぐなわれた。若衆が念者に愛されている最中に放屁すれば、「腹切っても済まぬところ」であり、小説の例をひいてもいいならば、約束の日時に約束の場所に行けなくなったときには、ただちに自殺し、霊魂となって駆けつけるのだった。これに反し、女のために死んだり殺されたりすることは、たとえ妻の姦夫を成敗したところで、恥とされた。

すべて一方がつねに苦痛、一方がつねに快楽、というのが原則の愛だからこそ、この愛のかたちはこうも濃厚で、充実し、肌理《きめ》こまかなものとなったのであろう。念者たちははるか年下の少年である若衆に、まるで主人に対するような敬語を用いて、うやうやしく仕えた。若い日の武田信玄が思いをかけた小姓春日源助《かすがげんすけ》に出した手紙は、主君と家臣という関係はほとんど想像できぬほどの、哀訴弁解と誓いに終始しているのである。

要するに献身と感謝、それにもとづいた激しい精神的な愛情が、明治以前の日本の、非職業的男色にみられる特徴であった。だからもし逆に、それが愛情によらぬ、暴力による一方的な犯しであるならば、受手の屈辱と怒りは、想像を絶するほどの烈しさであったろう。しかし相手が主君である場合には、それも奉公の一つとして耐えねばならず、犯された小姓にもし愛人ができたばあい、解決策としてはただ、みずから希《のぞ》んで手討ちに会うほかはなかった。ここでも死によってのみすべては解決され、嫉妬に燃えた主君に、左右の手を切り落されても、なお自若として後《うし》ろつき——臀部の美を誇りつつ死んでいった長坂小輪《こりん》は、若道《じゃくどう》の花としてたたえられさえしたのだった。

さて、江戸時代の日本からでは少しく時間と場所の飛びすぎるのが気がひけるけれども私が男色に関心を持ちはじめたのは、去年の五月、インドに旅したときからであった。その地の野生動物を撮影するカメラマンの一隊に同行したので、宿舎は地方の自然公園のなかの、狩猟家用ロッジが多かった。それでもまれに、カルカッタや、デリーや、マドラスなどの大都会を通過することもあり、そうしたときには冷房完備の一流ホテルに泊って密林での垢を落してくつろぐことができた。

ボンベイで泊ったホテル・タジ・マハルでは、夕食後にダイニング・ルームでショウを見せてくれた。

大広間は、アラビア海の涼風を心ゆくまで受けるように、開け放してある。目の下の、「インドの門」のまわりには、夕涼みに家をでてきた貴賤、貧富、さまざまの服装と人種の市民たちが集って高声に喋りかわし、その鴃舌《げきぜつ》と、タクシーの異国風のクラクションが混りあい、風向きによってふっと聞えてくるのも、旅情があってなかなか快いものである。

ショウは頭に塔を飾り、手首をぴんと曲げ、掌を立て、肱を張って踊る、例のインド舞踊で、音楽やしぐさは単調であるけれどもその優雅な動きは、いくら見ていても飽きなかった。そもそもインドの若い女は、ことに上流階級の女は、それ自身が一箇の芸術品であり、私などはホンコンでインド航空に乗りかえ、サリー姿のスチュワーデスを一目みたとたんに、完全に魅了されてしまったものだった。

肥りすぎも、瘦せすぎもいない。つねに憂いを帯びているその翳《かげ》りの濃い表情や、官能的な浅黒さの肌の色艶や、すらりと伸びて、しかも十分に肉づきのいい体つきや、のせいばかりではない。なによりも柔かく物憂げで、しかも気品と優雅さにみちているその動作が、心をそそるのだった。

サリーはほとんど本質的にはビキニで、つまり腹と背中が露出されており、盆を持ちスチュワーデスが通路を通るときなど、乗客は目前にその美しい、この上ない丸さの腹と、縦に彫られた深い臍とあるいは背のくぼみから広い腰にいたる艶やかな肌の原野を、まじまじと見ることができる。腰をひねるときなど脇腹の豊かな肉がサリーのあいだから盛りあがり、そのひんやりした肌の冷たささえ、鼻先や頬に感じられるほどである。そしてサーヴィスのためにかがみこむときに胸もとからのぞく、例外なく豊かな乳の根。

体臭も快い。香料のせいか生れつきなのかは判らないが、悩ましくてしかも少しも甘くはない、むしろ冷たい気品にみちた、官能的な匂いなのである。機が揺れだすとスチュワーデスたちは、上の棚につかまって身を支えるが、そのとき仰ぎみると、インド更紗の脇の下には、くっきりと濃い汗が、外側のもう乾きかけている円から中心のいま泌みだしたばかりの円にいたるまで、みごとな同心円を描いており……うっとりと眺め、さまざまな妄想にふけっているうちに、機は早くも次の空港に到着するのである。この長い旅行中、私は数十回、インド国内の航空機を利用したけれども、かつて退屈したり、時間をもてあましたりしたことはなかった。サリーをまとったインドの美女が、一人でも視野のなかに立っているかぎりは。

インドの一般民衆は、さすがにそんな美女ばかり、というわけにはゆかなかった。ことに下層階級は、ほとんど美しくなかった。しかしいま、目前で踊っている女は、決して上流ではないだろうが、さすがに魅力にあふれていた。

年は十七か、十八というところだろうか。スチュワーデスたちのように素人っぽい上品さ、かすかに野暮な色気はないけれども、まことに洗練されたセックス・アッピールに満されている。皮膚も、よく陽焼けした日本人ていどの浅黒さで、やや痩せぎすではあるが必要な部分は十分に盛りあがり、腕の動きにも腰のひねりにも、じっとこちらをみつめる憂わしげな視線にも、ほとんど猥褻《わいせつ》なばかりの悩ましさが感じられるのである。

甲高いインド音楽が、コンボにかわった。すると女は、急速に踊りつつ巧みな動作で、金いろの飾りを垂らした腰覆《こしおお》いを外し、ほとんど同時に、おなじく金いろの、鱗《りん》甲《こう》の乳覆いを捨てた。冠ごと鬘《かつら》を外した。

スポットを浴びているのは、女ではなかった。

銀いろの、肌にぴったり喰いこむ最小限の覆いだけを身につけて、しなやかなポーズを取っているのは、はっきりと男性だった。いや、まだ男性になりきっていない少年だった。

爆笑が、ついで拍手が湧いた。少年は歯をみせ、悪戯っぽく笑い、軽快に駆けて楽屋へ飛びこんでいった。小さな銀のキャルマタからはみだした、ひきしまって美しい尻の躍動と、石の床を踏む足裏の、小さな魚に似たすばやいひらめきが目に灼きついた。

茫然として私は少年が消えた出口に見とれていたので、いつフロアが片づけられ、つぎのショウの準備がされたのか、気がつかなかった。

私はふしぎに思った。はじめ女だと信じて眺めていたときに、心に生じたむずがゆい、甘い、切なさに近いような欲望が、相手が少年だと知ったあとも、少しもおとろえなかったからだ。括《くく》ったような唇は、そこから零《こぼ》れる歯の白さは、悩ましげな目つきは、依然として蠱惑《こわく》に満ちていた。あのすらりとした、なめらかな肉体を抱きしめ、愛撫してやりたい気持さえあらためて湧いた。

タム・タムが響き、電灯が消えた。揉み上げの長い、甘い顔立ちの、しかしこれはまぎれもなく筋肉隆々とした大男が逆に反《そ》りかえって低く横たえた棒をくぐる、リンボ・ダンスを披露しているのだった。混血らしくイタリイ人に似た面立《おもだ》ちで、腰に赤い布、頭に赤いターバンをまいただけの体にはくまなく油を塗り、それが電灯に替えて広間のそこここに置かれた篝火《かがりび》に照りはえて、なまめかしく動いた。

さっきの少年が、同じく赤いターバンと赤い腰布だけの姿で、ふたたびあらわれた。横たえた棒を取りかえ、篝から炬火《たいまつ》の一本を取って、近づける。棒には粘性の燃料が塗ってあるらしく、たちまち赤い火を発して、燃えあがった。床には幅広の、反った、すさまじく光る短刀を刃を上にして立てる。

少年は篝火の向うに、リズムに合わせ、妖しく腰を振りながら立つ。大男は徐々に身を反らせつつ、切先きを背に、炎を腹に受けて、棒をくぐりぬけようとするのである。全身の筋肉は怒張し、血管は浮きあがり、筋はこまかく震え、その上を流れ落ちる汗さえはっきりと見える。からかうような、しかし気づかわしげでもある微笑を浮かべながら、少年はその頭をまたいで立ち、タンバリンを打ち振り、臀をゆすり、あるいは膝を割り、顔すれすれまで腰を落して挑発しているのである。

恐るべく煽情的な光景に、それは私には見えた。女よりもエロティックでありながら、奇妙にもそれには、乾いた清潔さが感じられるのだった。

やがて大男はたくみに火をくぐりぬけ、胸を張って誇示のポーズを取った。拍手にこたえて、少年を軽々と肩にのせて立ち、会釈しながらフロアを一周する。眼鏡をかけ、アロハシャツを着た裏方らしい男がこそこそと出てきて、なお燃えつづける火の棒を濡れた布で一しごきして消し、小道具を手早く取りまとめて、楽屋に消える。この中国人らしい男の、背をかがめた様子に、私はちら、と心にひっかかるものを覚えたけれども、肩にのった少年の愛らしさにすぐに注意を引きもどされて、掌《てのひら》が痛くなるほど拍手をつづけた。

ショウが終ったあと、まだ寝るには時間があったし、むし暑い市中に見物にでかける気もしなかったので、私は同行のカメラマンとロビイにうつり、すっかり暗くなったアラビア海を眺め、潮の香を嗅ぎながらパイプを喫《す》っていた。美しい声が、そのとき耳もとでささやきかけた。

さっきの少年だった。化粧を落し、白麻のスラックスをはき、紺に黄や茶いろを織りこんだインド・シルクのシャツを着ている。まぢかに見ると、やや頰がこけて顔いろが悪いが、それでもやはり整いすぎるほどに整った美少年である。

判りにくい英語で、少年は言っていた。

――さっき写真をお撮りになったのは、あなたたちのグループでしょうか。

――そうです。

と私は答えた。同行のグループはみなカメラマンだけに、食事のときもカメラをはなさず、フラッシュを焚いてはこの少年を撮りまくっていたのだ。

――それで、お願いがありますが、自分たちはこうしてあちこち公演して歩いているのだが、まだ演技中の写真を撮ってもらったことがない。一、二枚、いただければ、大変にありがたいのですが。

――お安い御用です。

と答えて、私は向いに坐っていたカメラマンにわけを話し、日本に帰って写真ができたら焼増してくれるように頼み、それから少年にむかって、ここのホテルあてに送ってあげる、と約束した。少年はちょっともじもじしていたが、

——日本の方ですか。

と聞いた。そうだ、と答えると、

——実は、私たちのチームにも、日本人がいるのです。ショウにはいつもついて歩いています。

私は、ふいに興味をそそられた。たぶんは日本の芸人だろうが、インドくんだりまででかけてきて、現地人と一座を組んで歩いたりするのは、相当に変った人間にちがいない、と思ったのである。

私は名刺を出した。自分の職業を書きそえ、参考までにお話をうかがいたいから、よろしかったらバーにお越しねがいたい、と書いた。

閑散としたバーに移ってスカッチをなめていると、五分ほどして、一人の中年男が、臆病そうな足どりで入ってきた。さっき私が中国人とまちがえた、眼鏡をかけた裏方だった。芸人ではなさそうだった。

スツールからおりて、私は、

「やあ、ようこそ」

と言った。口ごもりながら頭を下げて、男は陰気に言った。

「日本の人間にはあまり会いたくないのだが、酒に惹かれてね」

インドは禁酒国なので、旅行者でなければ酒はのめないことを指したのか、それとも彼が貧乏で、その余裕がないことを言ったのかは判らない。

「じゃ、今夜は大いに飲んで下さい。そしてできたら、いろいろとインドの話を聞かせてもらえたらありがたいのだが、……いや、もちろん、気がすすまなければ、黙って飲んでいて下すっても結構です」

スツールにかけて、男はグラスを乾した。

「芦川昌造《あしかわしょうぞう》、と申します」

と自己紹介した。

しばらく、話は弾まなかった。まぎれもない日本人ではあるものの、この男はあまり長いことインドの水を飲み、この地の陽光にさらされていたせいか、瘦せ、灼けくろみ、鋭い顔立ちになって、どこか国籍不明の印象を与えた。

しかし、酒が入るにつれて、男は饒舌になりはじめた。おそらく彼にも、つもりつもった鬱屈《うっくつ》や孤独を、機会を見て日本語で、思うさまぶちまけたい気持は、あったのにちがいなかった。さっきのインド人の少年を美しい、と私が誉めたことから、芦川昌造はとつぜん、火がついたように喋りだしたのである。

以下は彼の話の、ほとんど忠実な再録である。

2

ムドウライが美しいって。そりゃそうだ。あいつは美少年だ。女より魅力的だ。それがいけないんだ。私がいま、こんなに落ちぶれたのも、もとはといえばあいつの、小悪魔みたいな魅力のせいなんです。

五年前にインドに来たときには、私も堅気のサラリーマンだった。ある大手の綿商社につとめていて、まあ有望株ということでニュー・デリー支店にやられたんです。はじめは張切って働いたんだが、ものの二ヶ月もつづかなかった。いや、暑さのせいばかりではない。なにかしらここの国土には、人間に、あくせく働くことを愚かしく思わせ、物憂い、官能的なのんびりした逸楽や思索にむかわせる、ふしぎな魔力があるのです。

あなたははじめてインドの空港に降り立ったときの、空気の香りを覚えていますか？　そう、あの香り、熱く、けだるく、乾いていて、しかもどこか心をそそって止まない、たとえば強烈な匂いの花にごく少量の人糞を混ぜたような、奇妙に肉感的な香りが、すべてを象徴している、ともいえます。まもなく私は、

「あいつも来たばかりだから張切ってるが、いまにおれたちみたいになるさ」

と私を冷たい目でみながら、よくもまあ、ああも怠けられるもの、と思わせるほど怠けほうだいにしていた上司や同僚と、ペースを合わせて毎日を怠惰におくるようになりました。

しかしその怠惰も、決して快適ではない。夏の陽ざかりに少しでも涼しいところを求めて、枕をもってうろうろするように、怠けながらもたえず何かに追いたてられている感じで、落ちつかない。女ですか？　なるほどインドの女は美しく、官能的だ。だが彼女らは、スチュワーデスをのぞいては、外に出て働く習慣が全くないのです。ホテルの従業員もぜんぶ男、給仕も男、女事務員なんてほとんどいない。一人で、あるいは仲間同士で、街を歩く女さえいない。喫茶店も酒場もむろんキャバレーもないから、そこで働く女もいない。ホテルのナイトスポットでも従業員はすべて男、店という店の店員もぜんぶ男なんです。

もちろん、特殊な地域には、身をひさぐ女はいる。しかしそれはほとんど下層階級

の、真黒な、いちばん醜い女たちばかりか、でなければ白人や混血児の中婆《ちゅうばあ》さんたちで、上流階級の、あの品のある、美しい女たちとはまったく知りあう機会がない。あっても、ここの女たちの貞操観念は日本の女なんかとは較べものにならぬくらい固くて、例外をのぞいては、まず不可能です。寺院の神体やおびただしい彫像が示すように、風土や環境はすさまじいほどの官能性に満ち満ちているのに、それを満たす手段となると、世界でもっとも少くて、奇妙に道徳的でさえあるのです。日本のように、一流ホテルのロビイで客を漁るコールガールなんてまず居ないし、政府の監督がきびしいから、ボーイも取りつぎたがりません。

　奇妙な抑圧と、欲求不満のなかで、私は苛々していた。奇妙な、というのは、単に肉体的欲望を満たす相手なら特殊な施設で手に入るのですが、その女たちと、いわば上流階級の女たちとが、あまりにも違いすぎる。つまり女の肉体は手に入っても、女の美しさ、優雅さ、官能的な魅惑だけは、指の間をすりぬけていって、どうしてもつかめない、といった感じのことなのですが。

　あるいは私は女を通じて、インドの美と優雅と官能性をつかみたかったのに、それがどうしてもできない苛立ちとでもいうのだろうか、そのなかで悶々としていたのです。

しかし私は、自ら進んで、彼らの中に入ってゆくことはしなかった。私には昔から異人種に対する根づよい不信、というか嫌悪感みたいなものがあるのです。会社には同僚ないし下僚として、インド人も何人かはいましたし、彼らも日本人とまったく同じに有能なのもいれば無能なのもいる。いい人間もいれば悪い人間もいるのですが、どうも私にはその無能な面、悪い面ばかりが目について仕方なかった。仕事のルーズさ、怠けずき、すぐ弁解ばかりすること、狡《ずる》さ——そうした点ばかり気にとめて、よく腹を立てたりしていたのです。

そのうちにだんだんと、この国にも慣れて、あるとき私は北東部のカジランガに、ジュート麻の買付で出張することになった。泊ったのはそこのレスト・ハウスですが、ここには大土地を所有している金持が多く、芝生を植え、白い柵をめぐらした瀟洒《しょうしゃ》な邸が何軒も立ちならんでいます。しかし電気はつかぬので、人々は夜になると自家発電設備のあるレスト・ハウスに集ってくる。私が行った夜はカシミール藩王国から、富豪や王族の家族たちが遊びに来ていて、ここの知人たちの家に合宿していたのですが、たまたま田舎まわりの舞踊劇団も到着した、というので、さっそくレスト・ハウスの横に舞台をこしらえて、上演することになりました。

芝居は現代劇で、ヒンドゥー語の判らぬ私には退屈なだけでした。舞踊は面白くはあったが、やがて飽きたので、先にレスト・ハウスに戻って眠った。翌朝は名物の象乗りをして、近くの林を散歩したのですが、私の騎《の》ったのはまだ頭に毛の生えている仔象なので、あまり大きい鞍はつけられず、相客は一人しかいなかった。

可愛らしい、利発な、十六歳のその少年はかなり英語が喋れたので、早朝の爽やかな風に吹かれながらの二時間の騎象のあいだに、私たちはすっかり仲良しになりました。昨夜舞台に出た俳優の一人で、彼らはみんな一家族が、座長である父親にひきいられて、旅興行をして歩いている、というのです。百メートルほど前を行くもう一匹の象に騎った家族を指しながら、ムドウライというこの少年は、

「あれが姉で、その隣りのが姉の夫で、後ろにいるのが彼の弟で……」

というふうにいちいち説明してくれたのだが、耳を傾けながらも私は、ちかぢかと見るこの少年の美貌にあらためて気づいて、心中ひそかにおどろいていたのです。

インドに来てから女の美しさにばかり気をとられていた私にとって、これは新しい発見だった。たしかにインドには、美しい若い男も多かったが、これほど、ちょうど異性に対するのと寸分違わぬ胸のときめきを感じさせられたのは、はじめての経験だったのです。別れてめいめいの宿舎に――私はレスト・ハウスの洋室に、ムドウライは裏手の、土間の片隅に寝床兼用の麻布をしいただけの、土造りの部屋に――ひきあ

げたあとも、私はしばらく、どうすればあの少年に会えるかと、そればかりを考えていました。

たずねてきた、ジュート麻の仲買人の一人と会ってから、私は昼食を済ませ、烈しい陽ざしを避けるために帽子をかぶって、ふらりと外に出た。蜜蜂の巣のように並んだ彼らの宿舎の、戸口はみな開けはなしてあり、昼寝をむさぼっている従業員もいるが、ムドウライの姿は見当らない。ぐるりと宿舎を半周して、いちばん端の土間をのぞいたとき、そこで半裸になって、洗濯物と格闘している少年をみつけた。恥しそうに、ちらと私に笑ってみせて、少年は洗濯物の山にとりくんだが、口を尖らせたその真剣な表情は可愛らしく、浅黒い、引きしまった肌はしぶきに濡れて、アカシヤの葉ごしの、それでも強烈な日光にきらきらと輝いて美しく——ふしぎに甘美な気持に浮かされて、私はしばらく、じっと眺めていたのです。

「君に、日本のお土産をあげよう。あとで、私の部屋に来ないか」

たぶんそう言って、私は誘ったのだと思います。むろん、彼をどうかしようという気持はなかった。しかし三十分ほどのちに、小ざっぱりしたなりのムドウライが遠慮がちにドアをノックして入ってくるまでの待ち遠しさは、恋人を待つ気持とそれほど変らなかったのです。

昼間のレスト・ハウスはしん、と静まりかえっている。六部屋の客室に私のほかに客はなく、三時に、お茶と自家製のクッキーを持って、ちょうど白いだぶだぶのズボンにワイシャツを外に垂らして着たような服装の、額に白い塗料をなすりつけたボーイがやってくるまでは、地上のあらゆる生き物は快い昼寝をむさぼっているのです。

ベッドに腰をかけて、私とムドウライは片言の英語で、しばらく話をした。そのうちに何を話しているのか、私はすっかり上の空になってしまっていた。頭の芯で何かがくるくる回転し、ブラインドを下した窓の外の、ささげの木の巨大な実が、ときどきの微風に乾いた音を立てるのが妙に耳に残り、うすぐらい部屋のなかの、少年の黒眼がちの眼が、身ぶるいするほど悩ましいものに感じられ、若い樹のような微かな体臭も快く、浅黒い顔のなかでひときわ目立つ紅い唇と白い歯は、私をさそいこむように感じられ……ほとんど無意識のうちに、私はムドウライの首に腕を巻き、その唇を吸っていたのです。

少年はよけなかった。私がはなしてやってから、うつむいて、ほっそりした腕で唇をこすっただけだった。その表情も少しも変ってはいず、私は瞬間、ムドウライの感情を忖度《そんたく》するのに苦しんだ。

小型のトランジスター・ラジオを、私は彼に与えて帰しました。その夜の飛行機で、私はデリーに飛んだので、ムドウライとはそのまま別れることになった。しかし、あの一瞬の、唇の甘美な記憶は、そののちも長く私にまといついて、私はふっと胸の詰るような思いを味わうのでした。といっても、旅芸人の彼と、いまさら会う手だてはなかった。

半年ほどのちに、私は日本からの客を迎えにカルカッタに行き、オベロイ・グランド・ホテルに泊りました。夕食が済むと、フロア・ショウがはじまる。逞ましいリンボ・ダンサアの肩にかつがれて出て来た、女装の少年を見て、私は息を呑んだ。そう、今夜あなたが見たのとおなじショウです。少年はムドウライだったのです。

私が気づくより早く、少年は私を認めていたらしい。踊りながら彼は私に目くばせし、出演が終って楽屋にひっこむやたちまち、服だけを着かえて私のテーブルにやってきたのです。舞台化粧も、まだ落さないままで。

「部屋へ行こうか。ここでは話もできないから」

と、私はムドウライを誘った。

少年は前よりやせ、睫《まつげ》の濃い面ざしには、化粧のせいか、悩ましげな翳が見られた。以前は美しいとはいっても、健康な、素朴な少年のそれだったのだが、いまは目を奪うほど艶麗な、成熟した美しさに変っているのです。成熟した、といっても、むろん男になりきっているわけではない。その寸前の、男とも女ともつかぬ状態のまま熟《う》れきって、重みを増して、さていよいよこれから男性になりかわろうとする直前の、特殊な、妖しい魅力なのです。ある種の魚たちはすべてまず中性として成長し、大人になりきってからはじめて、環境に応じて雄になり、雌に変るのだといいますが、そのときのムドウライはいわばその、臨界点に達していたのでしょう。

「アシカワ・サン」

とムドウライはたどたどしく呼びかけた。歩みよってきて、優雅なしぐさで私の腕に、手をかけた。言いがたい感情をこめたその目でのぞきこまれると、私はたまらなくなって、少年のほっそりした腰を抱きしめた。その唇を吸いながら、もつれあってベッドに倒れたのです。香ばしい植物の種子や葉をいつも噛んでいるせいで、ムドウライの唇は甘く、さわやかな味がした。

といっても、そのときはそれ以上に深い肉体のかかわりを持ったわけではなかった。十分に、この少年に欲望を感じてはいたものの、具体的にそれをどうして満したらいいのかは、女を相手にするときとは勝手が違って、すぐには判らなかった。しばらく私は少年を抱きしめて、そのなめらかに陽焼けした頬や、銀いろの生ぶ毛の光る耳や、筋張った長い頸筋《くびすじ》に、飽きもせず口づけをくりかえしていただけでした。

目を閉じて嬉しそうに笑いながら、くすぐったがってムドウライは身もだえした。私を押しのけて起きなおると、しなやかな手で私の無骨な腕をおもちゃにしながら、別れてからあとのことを話しはじめるのだった。

カジランガでの公演のあと、ムドウライは家族の劇団を離れて、あたらしくもっと大きな、もっぱら外人客あいてに大都市のホテル回りをするプロダクションに加入したらしい。何でもインド人の、芝居や歌を職業にするカーストには、男の子がある年齢に達すると、一時まったく別の一座に加わって、修業をする習慣があるのだそうです。

ところがその一座の親方というのが強欲で、ろくろく食事も、着る物も与えない。俳優というよりは下僕のように酷使し、気に入らぬことがあると容赦なく鞭で打つ。そればかりか、とムドウライはいま思いだしても、怒りと悲しみに耐えかねたふうで、私に訴えるのですが、

「客の見ているところで、親方は自分に、荷物運びをさせた。それから靴まで磨かせた」

日本では一座の新入りがこれくらいの奉仕をするのはあたりまえなのだが、インドでは荷物運びや靴磨きは、いわば最低の階級に属する人間のすることと決まっていて、

他人の前でそんな仕事を命じられたことが、いたくムドウライの、俳優としての自尊心を傷つけたものと見えます。

インドの多くの劇団とおなじく、この一座も家長の親方を中心とする親族で固められているので、少年をかばってくれる者もいない。わずかに白人との混血の、リンボ・ダンサア——さっき出演した大男がそうなのですが——が、自分も一族でない、という共通の感情からか、多少親切にしてくれるだけだ。かといって、修業途中では親の劇団にも帰れないし、脱走してどこかに隠れても、生活してゆくあてはない。第一そうすればただちに親方の手があちこちに回るだろうから、少くとも有名なホテルでは——ナイト・クラブのほとんどないインドでは、田舎まわりの村芝居のほかは、ホテルのフロア・ショウだけが彼らの稼ぎ口なのですが、彼を使ってくれはしないにきまっている。それに、たった一人では、芝居はできないし、踊りを見せても映えはしない……。

「それやこれやで、ぼく、とても辛かったんです」と、ムドウライの甘えた口調を日本語に直すと、こういう言葉にもなるでしょうか。

「この前下さったラジオを、ぼくはとても大事にしているんですけど、親方はそれも欲しがって、とりあげようとするんです。つい、この前もまた、自分に貸せというので、貸したら返さないにきまっていると思ったから、厭だというと、親方は怒って、鞭で……」

少年はシャツの裾を――大ていのインド人の服装とおなじに、裾はズボンの外に垂らしていたのですが――まくって、脇腹をみせました。なめらかな脇腹から尻にかけて、蒼い鞭のあとが、たしかに、くっきりと残っている。このホテルの中庭の椰子にぎりぎりと巻きついている、彩色した木造の蛇のように、その痕はふくれて、少年の胴を半周し、ズボンの中に消えているのです。

愛しさと、哀れさと同時に、奇妙な肉感を私は感じた。それからどうする、というはっきりしたもくろみはなしに、私は少年をベッドに押し倒し、ベルトをゆるめ、ズボンを押しさげた。少年はわずかに抗《あらが》ったが、それも長くはつづかなかった。小さく引きしまった、しかしみごとな丸さの尻の上には、たしかに残酷な鞭のあとが、一筋伸びていた。

顔をおおってベッドの白いシーツに横たわったムドウライのくっきりと浅黒い肉体は、その背から尻にかけての線は、たしかに美しかった。ひたすらこの魅力的な、香りのいい、ひんやりと締った肉体に、自分の全身を接触させていたくて、私も手早く服を脱ぎすてた。背後からおおいかぶさるように抱きしめた。インドに来てからほとんど禁欲をつづけていた私の欲望は反射的に燃えさかりはじめたが、かといって、そのままの形で愛を遂げるには、私はあまりにも無知なのでした。

少年は身をひるがえした。その形のいい唇と歯と、熱い舌と柔かい掌で私を愛撫し、湿らせてくれているあいだ、私はムドウライの細い腰を抱きしめ、その鞭あとに、陽なたに抜きすてられた野草のような匂いを放つ腰に、くりかえし口づけしていた。いままで想像すらしたことのないこの行為が、少しも不潔でも、忌わしくもなく、かえって神秘な、新鮮な、しかも心も肉体も爛《ただ》れるほどの妖しい逸楽に、私には感じられていたのです。

巧みなその奉仕でようやく果てたあと、私は少年を抱きしめ、愛しさの感情の積るままにささやきかけていました。

「ねえ君、そんな辛い生活をしているのなら、いっそ逃げ出さないか。君一人の暮しぐらいは、ぼくがどうにでもしてあげる。オールド・デリーの下町に隠れていれば、親方だってみつけだせないはずだ。何しろ、あんなにたくさんの人間がごったがえしているのだからね。――そして、いずれ折を見て、君の両親にも話をつけてあげる。親方にも謝ってあげる。ぼくが外国人ということで、きっと大目にみてもらえるのではないか」

ムドウライは迷っているふうだった。すると私はいっそう躍起になってときふせにかかった。このときの私の異常な熱心さは、あとになって考えると、少年を救ってやりたい、という気持もむろんあったが、それよりも彼を私ひとりのものにしたい、手近な、しかし誰も他人の手のとどかぬところに隠しておいて、好きなときに会いたい、という気持のあったことは、否定できません。

——結局、少年は私の説得に負けた。翌日は客に会わねばならなかったので、一日待たせ、翌々日、ホテル入りすると見せかけて、まっすぐ空港に来るよう手はずをととのえた。そのためのタクシー代や、まさかの時の金を与え、身のまわり品はすべて捨ててくるように言いつけた。

翌々日の昼すぎ、空港の待合室に、ムドウライは不安げにたたずんでいました。手には私が与えたトランジスター・ラジオだけを持って。

飛行機が飛び立つまで、少年は蒼ざめ、がたがた震えて、生きた心地もないようでした。それでも、ヴァイカウント機が水平飛行に移ると、やはり少年で、楽しそうにはしゃぎまわり、縦の楕円の窓に額をすりつけて、熱心に地上の風景に見入っているのでした。デリーについたときはもう夜になっていたが、私はすぐコンノート・プレイスにタクシーを走らせ、身のまわり品をすっかり買いととのえ、一見上流階級の子弟のように見せて、あらかじめ予約しておいたアショカ・ホテルに連れこんだ。何をおいてもまず会社に顔を出すべきだったのですが、ムドウライをほうってもおけなかった。すでに私のうちで何の仕事よりも何よりも、この少年のほうが大事になっていたのかもしれません。

翌日、私は日本人社員宿舎で、共同に使っているインド人のボーイに頼んで、オールド・デリーに貸部屋を探させた。値段は多少高くてもかまわなかったのだが、部屋はほとんどが汚すぎるか、周囲の目がうるさすぎて、工合が悪かった。まあまあ我慢できるていどのものをみつけて、ムドウライを引きうつらせたのは、一週間も会社を休んで、汚い貧民街を歩きまわったあげくのことだった。しかし私は、もうムドウライのためなら何も惜しくはない心境になっていた。というのは——。

連日、私は宿舎に帰らずに、ムドウライとアショカ・ホテルで夜を過していたのですが、ある夜いつもの愛撫の最中にムドウライが、

「ねえ、こればかりじゃつまんないでしょ。もっと楽しいこと教えてあげようか?」

と言うのです。

「どんなのかね。やってみなさい」

と私は言った。

ムドウライは立ちあがり、バス・ルウムから、いつも体に塗っている、香油の瓶をもってきた。それを私と、自分の体に、柔かい掌でくまなく塗りつけた。それから——。

言いにくい。プラウトゥスの冗談で代用します。たしかにこんな言葉だった。

——わたしは稚児《ちご》の役目をはたさなければならない。一物の上にしゃがみこむのさ——

自らすすんでムドウライは〃稚児の役目〃をはたし、ついで注意ぶかく身を倒して、私に背後から抱きしめられるような姿勢をとったのでした。「お願い、ゆっくり」と、私のともすれば性急になりがちな動きを制しながら。

女とのときとはくらべものにならない、私には激しい感覚でした。しかしムドウライの方は、その反応から見るかぎり、快楽なのか苦痛なのか判らなかった。しばしば私は動きを止めて、

「痛いのか」

と聞きました。脂汗を背にまで浮かべて身じろぎしながら、

「痛い。苦しい。……だけどかまわない」

「止めようか」

「アシカワ・サンが満足するまでつづけて。ぼくは苦しいけど、嬉しい。親方からむりやりされたときは、厭なばかりだったけど」

どんな女にも感じたことのない、激しい愛《いと》しさを、私はこのすらりとした少年に感じて、抱きしめました。やがて駈けのぼってきためくるめく酩酊のなかで、私は、

「よし、ムドウライのためなら、何でもしてやろう。地位も、名誉も、財産も、生命さえも惜しくはない。この少年にはかえられない」

と考えつづけていたのです。

オールド・デリーにムドウライ少年を囲ってから二年たらずのあいだが、私にはいちばん楽しい時だった。入口に水を打った蓆《むしろ》を下げた、古めかしいアパートの、くずれかけた石造の階段を上ってゆくと、少年はもう私を待ちかねていて、焦《じ》れきって腕のなかに飛びこんでくるのだった。ムドウライの肉の、いままでは私にとっていちばんの魅力の根元に変った部分は、ここインドの珍奇な果実のように色づき、甘く爛熟《らんじゅく》していて……。その逸楽は私をしばしば狂気させ、いっさいの見さかいをうしなわせるのでした。

こうした生活をしているとしぜんにそうなるのか、ムドウライの感情の起伏は、いまではまったく女のそれでした。ひたすら私のことを考え、こまごまと身のまわりの

世話をし、ありもせぬ想像をして嫉妬し、泣き、甘え、狂ったように身を投げかけてくる。帰るときも寂しがって引止める。とうとう彼の頼みに負けて、あけはなした窓からの夜気に汗を乾かしながら、抱きあって眠った夜もしばしばあります。

昼間はいつもぽつんと寂しげに、退屈そうに爪を噛んでいるので、私は何か暇つぶしの道具を贈ってやることにしました。「何がいい」と聞くと、遠慮がちに、「だいぶ前から頼みたかったんだけど、鏡が、それもなるべく大きいのが、欲しい」というのです。深くも考えず、私は翌日、古道具屋をたずねて、ほぼ等身大の鏡を求め、彼のアパートに運びこんだ。するとその前でムドウライは、日がな一日、さまざまの扮装をしては、踊ったり歌ったり、ひとり芝居をしたりして、喜んでいるのです。

ある夕方、いつもより早めに行ってみると、ムドウライがアパートの裏の、貧民の長屋にとりかこまれた中庭で、見物人を集め、女装して踊っていたことがあります。例のトランジスター・ラジオから流れるインド音楽に合わせて。

やはり彼は芸人なのだ、と私は思いました。彼をここに囲いこんで、舞台に立たせないでおくのは残酷だったかもしれない。だが、それ以上は私には、どうしようもありませんでした。

ある夜、私は油で揚げたインド菓子を手みやげに、いつものように彼の部屋をおとずれた。床に、白人との混血らしい、逞ましい大男が坐りこんでいて、ムドウライと話していた。どこかで見たような顔だ、と思っていると、ムドウライが紹介した。

「ジムです。いつかカルカッタのホテルで、ぼくといっしょにショウに出て、リンボ・ダンスをやっていた」

ジムは気弱そうに笑い、ネルー帽をかぶった額まで指をあげて、挨拶をした。彼がたずねてくるのはかまわないが、いったいどうしてこの隠れ家が判ったのかが気がかりだった。

「ぼくが、こっそり手紙を出したんです。寂しくて」

と少年は、私のわずかな不快さに気づいたのか、弁解がましく言った。「ジムだけが前の劇団で、ぼくによくしてくれたし」

すると、自分も劇団に厭気がさしていたこの大男は、人もあろうにムドウライを頼って、ここまで逃げ出してきたらしい。うんざりして、私は溜息が出た。

敏感にそれを察して、ジムは何か言い、少年が翻訳して私に伝えた。

「もちろん、彼はここで仕事をさがします。御迷惑はかけないと思います」

大男は出ていって、私が帰るまで中庭で、ぽつねんと坐っているのだった。私が帰ると入れちがいに入ってきて、床の上に二つ折りにした毛布を敷いて、眠っているらしかった。しばらくそうした日々がつづき、様子をみていると、働く、とはいったがジムは事実上ムドウライの世話になっているらしく、少年がいろいろと気をつかって、しかも生活も苦しそうなのをみると、手当を増額してやらぬわけにはゆきませんでした。インドは物価が安いから、それはかまわなかった。ムドウライとジムのあいだを想像して私は疑心暗鬼を生じたが、幸いなことに大男は女の方が好きらしくて、それは安心していられた。

まもなく、安心していられないことが起った。というのは、手みじかにいうと、ジムの逃走から足がついて、もとの親方という男が、暴力団のような男数人を従えて、ムドウライのアパートにのりこんできたのです。私が出ていって、話しあったが、親方は二人を自由にし、舞台に立たせるかわり、八千ルピーを渡せ、という。日本円で五十万円ぐらいでしょうか。もちろん手持はなく、日本の親戚に頼んだ送金がつくまでのわずかな間、ちょっと借用するほどの軽い気持で、会社の帳簿に細工して、金をこしらえて渡したのです。

具合が悪いことに、その翌々日、まったく前触れなしの会計検査があった。不正はばれ、ひごろの勤務態度の悪さもたたって、私は即時帰国を命ぜられた。帰国すれば一生日かげ者で過さねばならぬことは目に見えていて、私はムドウライへの愛情との板ばさみになって苦しんだあげく、とうとう辞表を出し、インドに留ることにしたのです。

二人は私を気の毒がって、これからは自分たちがあなたを養うから、のんびりしていてくれ、と言った。彼らが例の、リンボ・ダンスの演《だ》し物をもって全国のホテルをまわりはじめたのはそれからのことで、私はいわばマネージャーというか、いや、ヒンドゥー語ができないから、せいぜい付き人のような立場で、彼らの供をすることになったのです。

ずいぶん、いろんなことにも慣れました。手づかみで食うカリーにも、南京虫にも、床の上に二つ折りにした毛布の上で、いや街路にうずくまって眠ることさえ覚えたし、インド式の手洗いにも慣れました。インドの手洗いは紙を使わず、白い琺瑯《ほうろう》引のコップの水を左手にとり、それで体を洗って済ませますから、彼らのその部分は日本人などよりはるかに清潔です。だからホテルのバス・ルウムにある白いコップでは、くれぐれも水を飲んではいけません。カルカッタの街で男がよく白いコップを大事そうに持ち歩いたり、しゃがんだりしているのは、そのためで、ついでにつけ加えておくと、彼らは男でも、しゃがんで小用をします。ええ、もちろん今では私も、しゃがみます。

慣れると、しぶきが飛ばず、かえっていいものですよ。

ときどき日本の親戚への無心が利《き》いて、金を送ってくる。すると私たちは、大盤ぶるまいをやって、たちまち費《つか》いはたしてしまう。そのあとはまた二人の厄介になる。彼らはショウだけでは喰えないから、ジムは外人女の、ムドウライは外人の男の、それぞれ夜の相手をして、金をかせいでくるのです。私はホテルの楽屋や、窓の外をうろうろして、時間をつぶす。その辛さのあとのムドウライとの、嫉妬や痴話喧嘩と、またそのあとの仲直りが、これも何とも言えず甘美で、楽しいのです。少くとも、一方的な保護者という以前の関係よりは、はるかに。

彼らのいかにもインド人らしい親切、呑気さ、寛大さ、温和さに私は甘えているのかもしれないが、相手が日本人なら私のような状態で、とてもこんなに気楽にしていることはできないと思います。

しかし、少年の成長するのは早いものです。このごろムドウライは手足が太くなり、自分で注意して抜いてはいるが、髭さえ生えかけているらしいのです。しかし私は、いまでは少しも厭ではない。ばかりか、もっと彼が成長して一人前の男になったら、ひとつ彼と私の立場を取りかえてみようか、私が彼の愛を肉体に受け入れる役になってみようか、とさえ夢想することもあり、それはまたそれで、何ともいえず刺戟的で、楽しそうに思えるのです。

要するに私は、堕落しきってしまったのでしょう。この暑さと、けだるい官能にみちみちた風土のなかで、腐ってしまったのかもしれません。しかし、ムドウライとの熱い濃厚な愛のなかで熟れ、腐りはてるのは、むしろ本望のようにも思えるのです。

明日のことはいざ知らず、とにかく今は、私は幸福です。どうでしょう。あなたがた日本から来たばかりの人の眼に、私の生活ははたして不潔でしょうか。醜悪でしょうか。……いや、実のことを言えば私にはそれも、いまはどうでもいいことです。

解説

鵜飼哲夫

宇能鴻一郎さんが第四十六回芥川賞を受けた昭和三十六年下半期の選考は、昭和十年に始まる長い芥川賞の歴史の中でも記録と記憶に残る回であった。

記録に残るのは幻の受賞事件である。選考は、「野性的なエネルギーに満ち」（井上《いのうえ》靖《やすし》）、「物語性も豊富で、一種の香気もあり、才気豊か」（石川達三《いしかわたつぞう》）と評価された宇能鴻一郎「鯨神《くじらがみ》」にするか、「神経の行きとどいた明快な文体」（佐藤春夫《さとうはるお》）で、「人間関係をあざやかに描いている」（丹羽文雄《にわふみお》）と評された吉村昭《よしむらあきら》「透明標本」にするかで選考はもつれ、二時間を経過しても埒《らち》があかず、二作に内定という空気が流れた。窮余の策として欠席の井伏鱒二《いぶせますじ》委員に電話で意見を聞くことにしたが、ここで手違いが起きた。二作に決定と思った主催の日本文学振興会事務局員が吉村宅に電話し、「両作受賞に決まり、記者会見があるのですぐ文藝春秋まで来社してほしい」と連絡してしまったのだ。吉村が到着するまでの間に、井伏が「『鯨神』に票を入れる」と答えたため受賞は宇能の作品一作になった。吉村が異変を知ったのは、文春に到着してからだった。

これが吉村が半生記『私の文学漂流』に記録した事件の顚末《てんまつ》だが、吉村はその後、純文学路線を離れ、戦史小説『戦艦武蔵』以降、綿密な取材に裏付けられた歴史小説など記録文学の作家として大成する。吉村は生前、記者の取材に「芥川賞に落ちたおかげで今の自分がある」と回想していた。

受賞した宇能の転身ぶりはその大胆、奔放さで文壇史の記憶に残る。受賞から十三年後の昭和五十年五月二日、読売新聞朝刊社会面は、「週刊誌にポルノ小説を書きまくる宇能鴻一郎さんが新たに（高額所得者の作家部門で）ベストテン入り」と大きく報じ、記録もされた。

「あたし、濡《ぬ》れるんです」――今でいうとエロかわいい文体の官能小説で一世を風靡《ふうび》した宇能は、「砂の器」が映画にもなり大ヒットした松本清張《まつもとせいちょう》、司馬遼太郎《しばりょうたろう》、五木寛之《いつきひろゆき》らにつづき七位の所得額で九七一二万円。これは俳優部門一位の石原裕次郎《いしはらゆうじろう》（八一四八万円）、プロスポーツ選手トップの巨人の王貞治《おうさだはる》（八〇二九万円）を上回る所得で、「ポルノ宇能さん」と見出しにまでなった。文学史の本流ともいうべき芥川賞をとった作家は、一九七〇年代に官能小説の巨匠になり、お行儀のよい日本文学史からはみ出してしまったのだ。

受賞当時の宇能は、東京大学大学院人文コース博士課程在学中の二十七歳。文化人類学の手法を国文学に取り入れて古代日本文化を研究する学究で、「鯨神」は、魔神のような巨大クジラに祖父、父、兄らの命を奪われた若者が仇《かたき》をとるまでを描く一大海洋ロマン。受賞発表号の月刊文藝春秋の広告文では「エネルギーに満ちた野心作をひっさげて学生作家登場」と謳《うた》われた。情報だけを見るならば、未来の宇能の姿はとても想像できない。ただ、プロ作家の選考委員は当初から文壇の檻《おり》を飛び出すだろうと予感していた。「毒々しいほどの色彩にあふれ、人間の原始的エネルギーを感じさせる」作品は、選考委員から「文壇小説のワクを離れた叙事詩的才能」を評価され、その奔放さに、丹羽文雄選考委員は「宇能君はどんな風になっていくのか、私達とあんまり縁のないところへとび出していくような気がする」と予言していたのだ。

そして、芥川賞の受賞会見で、「血の匂いにみちた文学、野蛮な文学、オスの文学を書きたい」と抱負を述べた宇能は、七〇年代に官能小説を書くまでの十年ほどの間に、異色の小説を量産した。それらがいかに日本文学史の本流から離れ、野性的なものだったかは、『鯨神』につづく作品集のタイトルを見ればわかる。『密戯・不倫』『痺楽』『獣の悦び』『血の聖壇』『狂宴』……。これらの作品は、「密戯」（新潮）のように

「セックスのために人格の崩壊してゆく残酷物語は、ここにひとつの極北を示している」（昭和三十九年八月、毎日新聞、平野謙《ひらのけん》の文芸時評）と評価されたこともあったが、おおむね黙殺か、批判にさらされた。とりわけ厳しかったのは文芸評論家の江藤淳《えとうじゅん》で、昭和四十年一月の朝日新聞文芸時評で、宇能の「不倫」（新潮）を「愚作の標本」とした上で、「ポルノグラフィー類似のしろものを文学と錯覚するのは、作者が反抗しているはずの常識に対する甘えである」と毒づいている。

しかし、今日、「密戯」と「不倫」を読み直してみると、その対立は、宇能と江藤との文学以前の、人間観の根本的な相違に根ざしているように思われる。宇能は、自身の作品の原動力を「生理的な飢えがあったから」と語るように、満州（現中国東北部）での敗戦が人間観の原体験になっていた。昭和四十二年に週刊現代で連載したエッセイ「私の女性開眼」や自伝的小説「野性の蛇」では、敗戦後、ソ連の丸刈りの囚人兵が残留日本人に銃を突きつけ、女性たちに乱暴した記憶、飢《う》えに苦しみながら家族は乾パンを売ってその日暮らしをしていた日々を回想。家になぜか、中国・国府軍のオンリーになった若い女性が割り込んできて、その肉づきのいい腿《もも》の、きめ細かい白い内側の奥に感じた白い布きれの鮮烈さや花をまぜたような濃厚な女性の匂いの生々しさを克明に記している。

こうした官能と食べものを宇能は、生命力の象徴として信用したものの、戦後日本の文化人が大切にした正義や常識などというものは一夜にしてコロッと変わるものとして信用していなかった。宇能は「密戯」の主人公にこう述懐させている。「お前の自尊心とか恥の感情とかがどれほど御都合主義の、いいかげんのものかは、お前がいちばんよく知っているではないか。ごくわずかのまだ確実ではない快楽の前でさえ、お前の自尊心や恥とやらは容易に頭を下げるではないか」。こうして宇能は、人間の深淵《しんえん》にある欲望、願望、妄想を容赦なく抉《えぐ》りだし、豊かな物語として描いていき、次第に文壇から離れていった。しかも、官能小説家のイメージが大きくなるにつれて、宇能の初期作品は読者からも忘れさられていった。

だが、いい作品の力は時を超える。はじまりは、平成十七年刊の『ふしぎ文学館　べろべろの、母ちゃんは……』（出版芸術社）という初期傑作群の復刊だった。決定的だったのは宇能の初期作品を愛読してきた直木賞作家、篠田節子《しのだせつこ》が解説を書いた『姫君を喰《く》う話　宇能鴻一郎傑作短編集』が令和三年に新潮文庫から出版されたことである。「ただならぬ小説がここにある」と文庫帯文に謳われたように、選ばれた六編は食と性という人間の生にとってなくてはならないものを、体にからみつくような濃密な文体で描き、人間という存在の底の知れなさに迫る。そして令和四年、七北数《ななきたかず》人《と》らの編で初期短編集『甘美な牢獄』（烏有書林）が単行本で出され、本作『アルマジロの手』がつづく。現在八十九歳にして意気軒昂《けんこう》、これはもう宇能ブームの再来だといってよい。

七編を収録した本作は、どちらかというと官能の色が濃かった従来の短編集とは違い、作品ごとに色合いが様々に変化する宇能文学の万華鏡《まんげきょう》のごとき特質が表現されている。

表題作の「アルマジロの手」と「心中狸《だぬき》」は、芥川賞受賞の記者会見で、「学者と作家の両方になりたい」と語っていた氏の文化人類学や民間伝承への関心を示す作品だ。中南米のメキシコへの旅を舞台にした「アルマジロの手」では、追いつめられると、相手を抱きしめ、窒息させてしまう珍獣の生態と女の男に対する愛の宿命を重ねつつ、日本人男性に恋した情熱的なメキシコ人女性の悲劇を描く。「心中狸」も、阿《あ》波《わ》の国に伝わる狸伝説をもとにした語りは学究的だが、そこからの展開では宇能節が炸裂する。嫌われていることは承知しながらも、気位の高い姫君に惚《ほ》れた狸が、女中に化けて、姫の下《しも》のお世話まですることに気の遠くなるほどの悦《よろこ》びを感じるさまが、匂やかに、手触り、舌触りのいい文章でつづられる。

厠《かわや》でかしずく様子は、こんなふうに美しく始まる。「卵をむいたようなそのお尻の、何とまあ可愛らしく、神々しいばかりに美しかったことでござりましょう」

「月と鮟鱇男《あんこう》」も、若い女性に身も金も捧げ、いたぶられることに快感をおぼえる中年男の話だが、本作では、嚙《か》み、しゃぶり、匂いを心ゆくまで愉《たの》しむ食と性の営みの違いに目が向けられる。悲劇的な結末を、不思議な幸福感とともにつづるさまからは、奥底の知れぬ性の退廃と甘美が伝わり、思わず深いため息が出る。

このほか、「海亀祭《うみがめまつり》の夜」は、グロテスクな友情の形を、「鰻池《うなぎいけ》のナルシス」は、生きるために「いのちの精」として鰻の首を切り落とし、逆さにしごいて、たらたら流れる血を飲む女性のエピソードをからめた奇譚《きたん》で、生の残酷さと官能を描く。そして、「魔楽」では、男色という交わりと愛の形を、インドを舞台にかぐわしい文章で、探究心を持ってつづっている。

中でも「蓮根《れんこん》ボーイ」は、小学校五年生のとき、満州で終戦を迎え、引き揚げ後、福岡県の名門・修猷館《しゅうゆうかん》高校から東大国文科に進んだ宇能が、「父親に家を追い出されてカエルやヘビも捕って食べたことがあります」という少年時代の心象風景を鮮やかに描き、まさに傑作という名にふさわしい短編だ。

戦争中は軍の威光を、戦後は進駐してきた占領軍の威光をかさに着ている炭鉱会社がある福岡市のはずれが舞台。坑道を蟻の巣のように掘り進めたことで陥没した沼沢《しょうたく》地《ち》が広がる町に住む人たちは、路上に落ちた石炭拾いや、陥没地帯の蓮根掘りをしながら生計をたてている。町の描写に始まり、主人公の吃音《きつおん》の少年が、新制中学で手ひどいいじめの生贄《いけにえ》とされるさまをつづる導入部は、簡潔で無駄がなく、敗戦後の空気と世情を濃密に感じさせる。そして、葦《あし》や真孤《まこも》、蒲《がま》などでおおわれた広大な湿地を、自分の安息所として少年が一人、遊ぶさまを清冽《せいれつ》に描く。校庭に落ちていた真っ赤に錆《さ》びたナイフを砥石《といし》で丹念に磨き、鼻に当てると、つん、と焼けたような鋼《はがね》の匂いがするまでに仕上げるさま、つかまえた蛙《かえる》の透明なピンク色の肉片を針の先につけてとったアメリカザリガニに、親にも隠れて舌なめずりするさまの描写では、作家の五感が躍動し、ラストは一幅の絵画のようだ。ただし、この作品にも人間の生と性からこぼれ出る相当な毒があるのでご用心。

本作は一気には読まず、一作一作、嚙みしめ、じっくりと味わうことをおすすめする。そうすれば、宇能文学の毒は媚薬《びやく》にも変わるでしょう。

（令和五年十一月、読売新聞社編集委員）

本書は新潮文庫のために編まれたオリジナル作品集である。
編集にあたり、各作品の底本は左記に拠った。

「アルマジロの手」　『金髪』徳間文庫、一九八四年
「心中狸」　『血の聖壇』講談社、一九六七年
「月と鮟鱇男」　同右
「海亀祭の夜」　同右
「蓮根ボーイ」　「小説新潮」一九七〇年八月号
「鰻池のナルシス」　『痴戯』講談社、一九六九年
「魔楽」　『魔楽』講談社、一九六九年

＊

「蓮根ボーイ」は単行本未収録作である。

本作品中には、今日では不適切とされる語句や表現がありますが、舞台となる時代設定を鑑み、あえて使用しています。（編集部）

三島由紀夫著 獣の戯れ

三島由紀夫著 美しい星

三島由紀夫著 近代能楽集

三島由紀夫著 殉教

三島由紀夫著 禁色

三島由紀夫著 鏡子の家

放心の微笑をたたえて妻と青年の情事を見つめる夫。死によって愛の共同体を作り上げるためにその夫を殺す青年――愛と死の相姦劇。

自分たちは他の天体から飛来した宇宙人であるという意識に目覚めた一家を中心に、核時代の人類滅亡の不安をみごとに捉えた異色作。

早くから謡曲に親しんできた著者が、古典文学の永遠の主題を、能楽の自由な空間と時間の中に〝近代能〟として作品化した名編8品。

少年の性へのめざめと倒錯した肉体的嗜虐の世界を鮮やかに描いた表題作など9編を収める。著者の死の直前に編まれた自選短編集。

女を愛することの出来ない同性愛者の美青年を操ることによって、かつて自分を拒んだ女達に復讐を試みる老作家の悲惨な最期。

名門の令嬢である鏡子の家に集まってくる四人の青年たちが描く生の軌跡を、朝鮮戦争直後の頽廃した時代相のなかに浮彫りにする。

新潮文庫最新刊

角田光代・青木祐子
清水朔・友井羊著
額賀澪・織守きょうや
今夜は、鍋。
―温かな食卓を囲む7つの物語―
美味しいお鍋で、読めば心も体もぽっかぽか。大切な人たちと鍋を囲むひとときを描く珠玉の7篇。〝読む絶品鍋〟を、さあ召し上がれ。

P・オースター
柴田元幸訳
冬の日誌／内面からの報告書
人生の冬にさしかかった著者が、身体と精神の古層を掘り起こし、自らに、あるいは読者に語りかけるように綴った幻想的な回想録。

C・R・ハワード
髙山祥子訳
ナッシング・マン
連続殺人犯逮捕への執念で綴られた一冊の本が、犯人をあぶり出す！ 作中作と凶悪犯の視点から描かれる、圧巻の報復サスペンス。

清水克行著
室町は今日もハードボイルド
―日本中世のアナーキーな世界―
日本人は昔から温和は嘘。武士を呪い殺す僧侶、不倫相手を襲撃する女。「日本人像」を覆す、痛快・日本史エンタメ、増補完全版。

加藤秀俊著
九十歳のラブレター
ぼくとあなた。つい昨日まであんなに仲良くしていたのに、もうあなたはどこにもいない。老碩学が慟哭を抑えて綴る最後のラブレター。

望月諒子著
大絵画展
日本ミステリー文学大賞新人賞受賞
180億円で落札されたゴッホ『医師ガシェの肖像』。膨大な借金を負った荘介と茜は、絵画強奪を持ちかけられ……傑作美術ミステリー。

アルマジロの手《て》

宇能鴻一郎傑作短編集

新潮文庫　う－28－2

令和六年一月一日発行

著者　宇《う》能《の》鴻《こう》一《いち》郎《ろう》

発行者　佐藤隆信

発行所　株式会社　新潮社

郵便番号　一六二—八七一一
東京都新宿区矢来町七一
電話　編集部(〇三)三二六六—五四四〇
　　　読者係(〇三)三二六六—五一一一
https://www.shinchosha.co.jp

価格はカバーに表示してあります。

乱丁・落丁本は、ご面倒ですが小社読者係宛ご送付ください。送料小社負担にてお取替えいたします。

印刷・株式会社三秀舎　製本・株式会社植木製本所

ISBN978-4-10-103052-4 C0193